智慧公主马小岚前传 6

学校的离奇事件

麦晓帆 马翠萝 著

全国百佳图书出版单位

化学工业出版社

·北京·

刑侦三人组1 没有谋杀的谋杀案 麦晓帆著
ISBN 978-962-923-464-5

本书为山边出版社有限公司授权化学工业出版社有限公司的中国大陆地区（不包括中国台湾、香港及澳门地区）的中文简体字版本，仅限于在中国大陆地区（不包括中国台湾、香港及澳门地区）发行销售。

未经许可，不得以任何方式复制或抄袭本书的任何部分，违者必究。

北京市版权局著作权合同登记号：01-2021-2049

图书在版编目(CIP)数据

智慧公主马小岚前传.6，学校的离奇事件 / 麦晓帆，马翠萝著. — 北京：化学工业出版社，2021.6
ISBN 978-7-122-38624-3

Ⅰ. ①智… Ⅱ. ①麦… ②马… Ⅲ. ①儿童故事-图画故事-中国-当代 Ⅳ. ①I287.8

中国版本图书馆CIP数据核字（2021）第036743号

责任编辑：刘亚琦　　美术编辑：关　飞　　绘　图：疾风翼
责任校对：刘　颖　　装帧设计：进　子

出版发行：化学工业出版社（北京市东城区青年湖南街13号　邮政编码100011）
印　　装：大厂聚鑫印刷有限责任公司
880mm×1230mm　1/32　印张5¾　2021年6月北京第1版第1次印刷

购书咨询：010-64518888　　　　　　　售后服务：010-64518899
网　　址：http://www.cip.com.cn
凡购买本书，如有缺损质量问题，本社销售中心负责调换。

定　　价：19.80元　　　　　　　　　　　　　　版权所有　违者必究

侦探档案

马小岚

性格：聪明能干、勇敢善良
爱好：喜欢寻根究底、解难破案

表面是一个乖巧、低调的普通小女生，实则是大名鼎鼎的校园侦探、警方刑事侦查的资深顾问。拥有极佳的思考判断能力，推理细致严密，常常依靠自身敏感而精准的破案灵感，破解事件真相。

晓晴

性格：外向热情、脾气火暴
爱好：搜集所有跟时尚有关的信息

马小岚最好的朋友、同学兼邻居，拥有模特儿般的身高、明星般的甜美外貌，是个锋芒毕露的漂亮女生。对时尚有非常敏锐的嗅觉，随时保证自己站在时尚的最前沿，不过，学习成绩相当令人担心。

晓星

性格：热情大胆、行事夸张
爱好：恶作剧、喂养宠物猪

晓晴的弟弟，天资聪颖，成绩优异，连跳两级，现与姐姐、小岚就读同一班。唯恐天下不乱，常常制造各种耸人听闻的捣蛋事件，是一个令人头痛的"熊孩子"。从小喜欢看侦探小说，幻想自己是一个大侦探，自封为小岚的得力助手。

第1章　开学前的离奇事件　　　　　1

第2章　三人组驾到　　　　　　　　8

第3章　秋之枫少年神探　　　　　　19

第4章　谁脏了我的课桌　　　　　　32

第5章　茶杯里的风波　　　　　　　45

第6章　风扇上的"定时炸弹"　　　64

第7章　怀旧金曲夜　　　　　　　　79

第8章　又一名受害者　　　　　　　87

第 9 章 "凶手"抓到了? 105

第 10 章 这个姐姐是假的吗? 119

第 11 章 被枪指着的班长 126

第 12 章 作案者就是你! 141

第 13 章 梦想与复仇 155

第 14 章 和小神探当朋友不好玩 172

第 1 章

开学前的离奇事件

　　太阳怒视着大地，仿佛要把它看见的一切融化掉。

　　太热了，就连到处乱飞的白鸽都快成烧乳鸽了……此刻，人们都宁愿躲在家中闭门不出，就算外出也肯定是钻到商场、电影院等冷气大开的凉爽地方去。哪有人会在这种天气下跑到酷热的大街上活受罪呢？

　　酷热天气下，一所中学的教务助理梁先生，坐在学校的传达室里，张口打了他今天的第七十三个哈欠。

　　现在是八月的最后一个星期五，离暑假正式结束还有整整三天，此刻学生们不是在争取时间享受最后的悠闲假期，就是在堆积了整整两个月没做的暑期作业前绝望地尖

叫……除了偶然来找资料或备课的老师，不会有其他人回到学校里。所以，梁助理此刻可算是非常清闲，事实上，他已经清闲了差不多两个月了。

当然，三天后就不是这么一回事了。

到了九月一日那天，学校九百多个学生就会蜂拥而至，作为"万事包办"的教务助理，到时他会忙得连上洗手间的时间都没有——想到这里他便打了个寒颤。

"好花不常开，好景不常在……"梁助理哼了两句最能表达现时心情的歌儿，然后往椅背上一靠，闭上眼睛，打起瞌睡来。

作为今天唯一镇守学校大门的人，梁助理这样做似乎有点不负责任，但这又有什么关系呢？这样的鬼天气，相信小偷也不会出来做坏事了吧！

就在这时……

一个人出现在校门前。

到处张望一番后，这个人鬼鬼祟祟地踮起脚尖，避免发出丁点儿声音，从呼呼大睡的梁助理面前经过，进入偌大的操场，朝教学大楼走去。

"砰！"擅入者不小心碰到了一个垃圾桶，发出一声巨响。

睡着的梁助理还是很忠于职守的,他就像被蜜蜂蜇到屁股般马上跳了起来。

"谁?是谁?"他跑出传达室,望向声音发出的地方。

阳光下,他清楚地看到,那是一个个子不高的女孩子,一头齐耳的短发,样子挺秀气,长了一双细长的丹凤眼,脸颊上还有小酒窝;她穿着普通的红色T恤和白色中短裙,手上拎着一个花花绿绿的环保袋。她的样子看起来并不像个小偷。

梁助理松了一口气。要知道他已经五十五岁了,要是真碰上小偷,要追也追不上、要打也打不过,如果对方比较壮实的话,他只能举手投降……

"请问有什么事?"于是他换上一副严肃的面孔,问女孩道。

"很不好意思。"女孩把手举到额前,苦笑道,"我叫李晓培,是本校的初三年级的学生——嗯,其实过几天就是高一年级的学生了。我昨天要做暑假作业时,才发现把英文作业本遗留在教室里了,所以……"

"那给我学生证吧,让我登记姓名。"梁助理用公事公办的语气说,"干吗偷偷摸摸进来,把我吓了一大跳。"

"我看见你在睡觉,所以怕把你吵醒了。"李晓培说着

把学生证交了出去。

梁助理听了这话,尴尬得脸立即就红了。

"哎呀,我哪是在睡觉,我是在闭目养神。"梁助理嘴里分辩着,心里却在暗暗庆幸进来的只是学生,而不是校长之类的能决定他命运的大人物。

"好啦,你可以进去了。"他匆匆把姓名抄下,便把学生证递了回去。

李晓培笑着接过证件,迅速穿过走廊,很快便消失在转角处。

梁助理叹着气坐回椅子上,用双手轻轻拍着脸,好让自己清醒一点。"别打瞌睡,别打瞌睡……"他不断对自己念叨道。

但仅仅半分钟,他头一仰,便又睡着了……

李晓培很快到达位于三楼的教室,这是她之前待了三年的地方。下个学期升到高一,她就会去另一个教室了。

她在自己的旧课桌里找到了英文作业本。老实说,李晓培倒是宁愿自己什么都找不着,她希望作业本被清洁大姊丢掉了,或者被蛀书虫子吃光,再或者被外星人偷走也行。因为一旦她找到这本厚厚的作业本,剩下来几天都别奢望有空余时间玩耍了。

开学前的离奇事件

可惜作业本完好无缺地躺在课桌里,于是李晓培只好满脸失望地接受现实。唉,谁叫自己把暑假作业都留到最后才做呢?想着,她把作业本放到环保袋子里,走出教室,沿着楼梯往下走。

她突然停了下来。心想,既然都来了,为什么不参观一下自己的新教室呢?听说年级越高的教室越漂亮,椅子也舒服得多,空调是最新型号,还有个超大号的高清电视机……也不知道师兄师姐是不是在胡扯,现在她倒是可以利用这个机会证实一下了。于是,李晓培改变方向往楼上走去,来到高一A班的门前。

"咦?"她有点惊讶地发现,教室门虚掩着,露出一条狭缝来。

是清洁大婶忘了把门关好吗?心里这样想着,李晓培缓缓把门推开。

猝不及防,意外在这刻发生了……

"啊!"李晓培感到有什么东西正好砸中她头顶中央,然后"啪"的一声掉在地上。

她条件反射地用双手捂着头,同时向砸中她的那块东西望去……

那竟然是一块长方形的砖块!

这么大的一块砖砸下来,即使没脑震荡,也会眼冒金星一阵子吧。但现在连一点疼痛感都没有,这实在是太诡异了,她又不是铜皮铁骨女超人。

李晓培满腹疑云,俯身去捡那块砖。

啊,轻飘飘的!原来只是一块用厚纸壳做成的形似砖块的盒子而已。李晓培哭笑不得。

李晓培环顾四周,可是一个人影儿也没有。她抬起头,用目光搜索着,很快就确定这块"砖"应是被人搁在半掩的教室门顶端,设了个简易的陷阱——当半掩的门被推开时,"砖块"就会掉下来,砸向不知情况的受害者。

一个孩子气十足的恶作剧。

李晓培正想把手上的"砖"扔掉,却发现在这东西的背面还用胶带纸贴着一张字条,上面用黑色圆珠笔歪歪斜斜地写着一段话:

"幸好这不是真的砖块,恭喜你成为这宗谋杀案的受害者。凶手字。"

这不过是一句很可笑幼稚的话,却不知道为什么会让李晓培感到后怕。的确,如果那东西不是轻飘飘的纸盒子,而是真正的砖块,说不定就真的成为一宗谋杀案了……

这是谁干的!是升到高二的师兄师姐?还是低年级的

新生？这个答案恐怕永远都会是个谜，以楼下那个看门的学校助理的迷糊程度来看，"凶手"只要小心一点，就能来回进出，如入无人之境。

算了，一出上不了台面的恶作剧而已，又不是真正的"谋杀案"，根本不会造成任何伤害。一笑了之好了，反正又没什么损失。

但是她错了……

好了，我们先越过发生在李晓培身上的古怪事，还是让我们故事的三个主人公尽快进入读者视线吧！

第 2 章

三人组驾到

九月一号，开学日。

一辆双层巴士正行驶在高速公路上，跑得飞快。

"本校矗立于繁华的市中心，前望宏伟的铁路高架桥，后拥一百二十五度辽阔翠绿山景，正处于大自然与现代文明的交汇处，优越的地理位置非一般中学可比。附近交通设施完善，便利非常，并毗邻本区数一数二的大型商场，超过三百间店铺任君光临。本校同时拥有豪华的配套设施……"晓晴盯着手中的宣传单，还想念下去，就被身边的人打断了。

"好啦，不要念了，听起来就像楼盘广告。"小岚托着腮帮子,盯着巴士窗外不断后退的街景,不耐烦地说。

泰奇中学重建,全校学生都被分去市内其他学校做插班生。为这事,小岚有点不开心。她宁愿在学校旁边建个临时草棚做教室,也不想到一个陌生的学校当插班生。不过,幸好她和晓晴、晓星分到了同一所学校同一个班。

"别这样啦,只不过一年而已,一年之后,我们就可以回到高端大气上档次的新建校园上学了。"晓晴宽慰着好朋友,目光又回到手里的宣传单上,"秋之枫学校隔壁的大型商场什么名牌都有。午饭时间不愁没地方逛了,啊,真不愧是名校啊!"

晓晴对名校的标准似乎有自己独特的见解,小岚听后不禁撇了撇嘴。

和她们一起坐在巴士上层的,还有晓晴的弟弟周晓星。对,就是那个喜欢自我标榜"风流潇洒、玉树临风"的自恋鬼。

"呃,两位!"坐在后排的晓星神情凝重,把脑袋凑到前面小岚和晓晴两人之间,"我要宣布一个非常不幸的消息——你们交给我保管的三个菠萝红豆包,被不知从哪里来的老鼠吃掉了!"

两个女生一齐回头恶狠狠地瞅着他。

小岚哼了哼,说:"请问晓星同学,那只老鼠是姓周吗?"

"好吧，坦诚是我的优良品德。其实是我肚子太饿，所以全吃掉了。"晓星说完，立即把头往后缩去，以免受袭。

识时务者为俊杰，这两位姐姐的战斗力不可小看啊！

晓晴转过身去，指着弟弟说："听好！爸妈已经把生杀大权交给我，要我管好你。所以，你最好别惹我！"

"哈，我好怕哦！"晓星朝晓晴扮了个鬼脸。

"好哇，你再这样，我接下来就整整一个星期亲自下厨煮晚饭！"晓晴使出自己的撒手锏。

"对不起，姐姐，我以后不敢偷吃了。回家我就跪键盘。"晓星脸上写满了"我错了"三个字。

"你姐姐的厨艺还是那么吓人吗？"小岚忍不住问。

能让晓星选择认错，肯定是大杀伤力武器。

"不。更糟了，已经达到生化武器的级别。你看！"只见晓星从书包里拿出一瓶绿色的不知名饮料，"我姐姐今天一大早就让我喝这个。"

"呃，那是什么东东，怎么是绿色的？"小岚一脸嫌弃地说。

"怎么，你还没把它喝掉？！"晓晴十二分的不满，"这是我亲自制作的'牛奶生菠菜汁'，喝了后身体会强壮百倍的，我命令你马上把它喝了！"

晓星见姐姐不依不饶的样子，机智地决定转移视线，他抬手往车窗外一指，说："哇，快看，我们的新学校！"

他成功了，晓晴和小岚一齐望向窗外。

马路尽头，出现一栋六层高的白色建筑物，这就是秋之枫学校的校舍。它的设计简单而传统，低调地坐落在马路旁。建筑物旁边则是篮球场兼田径运动场。

学校前面是车来车往的公路，而背后则是一大片深绿色的山林，整栋校舍就像人类文明和大自然的分隔线。

秋之枫中学跟泰奇中学一样，都是同一个办学团体创办的中学。据说这个办学团体旗下一共有十多所学校呢！这次泰奇中学重建，学生都分别去了这些学校插班。

"下车啦！"巴士还未停稳，晓星便已经一溜烟跑到巴士下层去，一副非常兴奋的样子。

"晓星怎么了？"小岚奇怪地问晓晴。

"他已经期待开学好久啦，前几天他高兴得连觉都睡不着。"

"秋之枫中学就那么吸引他？"

晓晴无奈地打断了小岚的话："什么吸引他，还不是因为他终于解放了！你也知道他前些日子在学校干了些什么，在马桶圈上涂胶水，上课时用小木棍钩前面女同学的辫子

却把校长的假发钩走了……因此班主任罚他留一个学期的堂。现在惩罚期还没过半，不过这么一转校，这惩罚就不了了之了，所以他才这么兴奋。"

"自由万岁！秋之枫万岁！"巴士下层传来晓星的欢呼声。

"爸爸妈妈吩咐我好好看住这臭小孩，别让他再惹事。"晓晴拿起晓星"不小心"遗留在座位上的那瓶菠菜汁，边说边顺着楼梯走到巴士下层，"妈妈说了，在家里是她作主，上学的时候就轮到我作主了……嘿，晓星，我想这是你的饮料。"

"你拿自己的亲弟弟当生化实验试验品，实在太没人性了！"晓星连忙抗议。

晓晴伸手就把饮料的盖子打开，说："喝了它！你每天净是吃肉，一点青菜也不吃，太不健康了。现在给我乖乖把这瓶菠菜汁喝光！"

正在这时，马路上的红灯突然亮了。司机一踩刹车，巴士便吱吱嘎嘎地尖叫着停下。正在教训弟弟的晓晴被强大的惯性弄到失去平衡，整个人向前冲去，和一个女生重重地撞在一起……

"哇，那肯定很痛。"晓星用手捂住眼睛，不忍看。

晓晴挣扎着站稳，刚想向被自己撞到的人道歉，没想到一只充满力量的手突然揪着她的衣领，几乎要把她整个人提起来，同时一个声音吼道："不知死活的家伙，看你对我的校服干了什么！"

小岚和晓星看见情况不太对，连忙跑了过去。

只见正在为难晓晴的是一个穿着秋之枫中学校服的女生，身材高大，头发剪得很短，圆脸大眼，两条粗粗的眉毛皱得几乎要碰在一起。她力气大得惊人，晓晴连拉带扯，一时间竟无法从她手中挣脱。

"嘿！放开我，我道歉就是了。"晓晴皱着眉说。

"要我放过你？可以！先赔我新校服！"高大女孩一脸凶相，用右手指了指自己肩膀上的一块硬币大小的绿色污渍。

绿色污渍正是来自晓晴手里那瓶菠菜汁，估计是盖子没盖好，刚才发生碰撞时不小心泼上去的。

"哇，等等，"晓晴不甘示弱地反击，"这种程度的污渍拿水洗洗就没了，凭什么要我赔你整套校服？你这和抢劫有啥分别？"

"弄脏我的衣服还这种态度？看来我非教训你不可！"

"你打我试试！信不信我报警……"

晓晴本来脾气就好不到哪里去,这下遇到脾气同样火暴的人,情况就自然而然地变得一发不可收拾了,直至车子到站,两人都下了车,站在人行道上的时候,仍然未分出胜负,谁也不让谁。小岚和晓星连半句话也插不进去,只好默默地站在一旁观战。

"你卑鄙!"高大女孩指着晓晴的鼻子喊。

"你无耻!"晓晴则回敬道。

"你……"

"你……"

一旁看得高兴的晓星用手肘撞了撞小岚,说:"实在太

精彩了,我从来都没见过如此行云流水、挥洒自如、炉火纯青、登峰造极的骂战!"

骂战仍在继续。

"你白痴!"

"你低能!"

小岚叹着气对晓星说:"对,真的非常专业。"

"好啦,这样骂下去也有点影响市容。"晓星整理了一下衣襟,"得有一位帅哥出马结束这场争执。这事就让我来做吧!"

于是,晓星便昂首挺胸地走到交战双方面前,摆起"和

事佬"的架势,招手道:"嗯,你们两个一人让一步……"

"闭嘴!"高大女孩和晓晴同时向他怒吼。

晓星马上败下阵来,眼含泪花回到小岚身旁。

"温学晴,你又惹祸了?"一个声音传来。

一个穿着秋之枫中学校服、背着书包的男生站在人行道上,他高高的个子,眼睛不大却炯炯发亮,举手投足间有一种威严在。他一出现,名叫温学晴的高大女生便立即显得不知所措起来。

"我……我没有!"温学晴有点心虚地说。

那个男生皱了皱眉,然后望向晓晴、小岚和晓星:"你们谁能跟我说说,到底发生了什么事吗?"

"我我我!"看见来了个能管事的,晓星连忙弹跳着举手自荐。

然后,晓星便开始了一段天花乱坠、乱七八糟的描述……

"……然后我姐姐'啊'的一声像炮弹般向前飞去,接着'砰'的一声撞上了这位同学,没料到那瓶饮料'哗'的一声泼了出去,最后'轰'的一声洒在这位同学的校服上。说时迟,那时快!这位同学好厉害,'吼'的一声运起了气来,'嗖'的一声伸出手,然后'啪'地一下抓住我姐姐的衣领……"

"好了好了，太多象声词啦。"小岚看见晓星描形绘声像在做广播剧似的，连忙制止道，"我想这位同学已经知道大概情况了。"

男生听后望了温学晴半晌，才说："我想，这只是一场误会而已，只要这位同学真诚地向你道歉，那就算扯平吧。"

"不！这可是我新买的校服，而她竟然把这黑黑的液体泼到上面去。"温学晴表示不服，"如果她不赔我新校服，我决不放过她！"

"够了，"男生冷静地说，"忘了你已经被记了多少次小过吗？如果你再闹事，到时候被踢出学校的话没人帮得了你。"

温学晴怒气冲冲地望着他，似乎想反驳，但最后还是偃旗息鼓，"哼"了一声，鼓着两腮往学校大门的方向走去。

"你们给我小心点。"她头也不回地扔下一句话。

事情总算圆满解决了。

"谢谢你帮忙。"小岚对男生说，"我们都是高一B班新生，如果没有你，我们真不知道该怎么办。"

"哦，太巧了。"对方脸上神情淡淡的，"我和你们是同一年级的，但我读的是A班，请问你们的名字是……"

"噢，这位是周晓晴，这位是周晓星，我的名字叫马小岚。"说着，小岚向他伸出了手来，"很高兴认识你。"

"马小岚?"听见小岚的名字后,男生瞪大了眼睛,毫无表情的脸上难得地露出了惊讶的样子,但眨眼间又恢复了原样。

"我叫程杰。"他伸手轻轻碰了一下小岚伸出来的手,用探究的眼神看了她一眼后,便转过身去,"上课铃快响了,你们也别在这里耽搁了,再见。"

说着,他头也不回地往校门走去。

晓晴一脸疑惑地说:"好酷的一个人。嘿,小岚,刚才看他的表情,他似乎听过你的名字哦。"

"哈!"一旁的晓星叫道,"小岚姐姐可是大名鼎鼎、德高望重的少女神探啊!大家当然都认识……"

"你的语文是体育老师教的吗?德高望重一般指年纪比较大又很有名望的人。我很老吗?"小岚给了晓星脑袋一个炒栗子,又说,"快走吧,你不会是想新学期第一天就迟到吧?"

小岚拉着两人往前走,心里却在想着那刚认识的程杰,总觉得他怪怪的,对自己还带点敌意。

第3章

秋之枫少年神探

"各位高一B班的同学,请再次热烈欢迎我们的插班生!"美宝老师微笑着,带头拍起了手来。

于是班里的同学也跟着开始鼓掌。

美宝老师是高一B班的班主任。可以这样说,她是一个只需要五分钟,就可以让学生打心底里喜欢的老师。二十三岁的她作为一名老师似乎年轻了点,她有点胖,圆圆的苹果脸,圆圆的大眼睛,嘴巴却偏小,这让她看上去不像高一的老师,倒像是一个高一学生。

可能是曾经当过幼儿园教师的缘故吧,她和自己的学生说起话来永远像在哄小孩子,而且永远都面带微笑。这

样的老师虽说有点威严不足,却必定让学生愉快。

此刻,在美宝老师身边的小岚、晓晴和晓星则点头接受了众人的掌声;在这之前,三人在班主任的邀请下,向同学们简单地自我介绍了一番。

"好啦,大家都对我们的新同学有初步的了解了。"美宝老师高兴地说,"大家要好好相处哦,现在,该替你们三位找座位了,让我看看……周晓星同学,你就和班长徐嘉明一起坐吧。"

高一B班的班长徐嘉明又高又瘦,一头略卷曲的短发显得有点乱,有一对大大的门牙,再配上厚达两厘米的近视眼镜,怎么看都给人书呆子的感觉。晓晴不禁同情起这位班长来,因为自己那无比顽皮的弟弟,铁定半天内就能把他逼疯……

"嗯,至于周晓晴同学呢,你就坐杨丽琪旁边那个座位吧。"美宝老师说。

听见这话,班里的同学们立即集体倒吸一口凉气。

"杨丽琪?"晓晴一愣,"不会就是那个歌手杨丽琪吧?"

的确,坐在教室角落的正是大名鼎鼎的杨丽琪。两年前,她在香港新星歌唱大赛里取得冠军,随即就有许多唱片公司争相和她签约,年纪轻轻就进入乐坛成为新晋歌手。她第一张专辑的主打歌《爱情特攻队》可谓"劲播全城",

连续数星期在音乐下载排行榜中居高不下，同时她也因此红透半边天，无人不识。

不过，杨丽琪出名的除了她的歌之外，还有她的傲骄性格。和她同班的同学都知道，她一向对任何人都不理不睬，别说当朋友了，就连跟她说句话，也仿佛是天大的恩赐。因此，大家都对她敬而远之。

现在美宝老师让晓晴坐在杨丽琪旁边的课桌，天知道会发生什么事呢。

"好啦！最后，马小岚同学……"美宝老师来回扫视了教室两遍，"你就坐到温学晴旁边吧。"

小岚愣了愣，温学晴？不就是刚刚和晓晴发生冲突的那个高头大马的女生吗？

小岚不情不愿地朝自己座位走去。

"呃……你好。"小岚向她的新邻座释出善意。

而温学晴则咬牙切齿地低吼了一声，作为回答。

小岚愣了愣，真野蛮。算了，大不了把你当空气，大家互不理睬。

开学第一天的第一堂课，通常都会演变成老师长篇大论式的闲聊，而这次也没有例外。

美宝老师那关于同学间的互助互爱，和她本人教学远

大理想的演讲词还没发表完毕，下课铃便响了，高一B班的同学们迎来了这个学期的第一个课间。

温学晴浑身释出的"别惹我"三字，让小岚感觉很不好，课间一到，小岚就立即像躲避瘟疫般离开自己的座位，打算找晓晴去。

但是她却发现自己没法走近晓晴半步，因为一大群人堵住了她的去路。这群学生男女各半，正把晓晴围在中间，仔细地倾听她的演说。

"……这个钱包嘛，是我一个月前趁名牌时装店换季大减价时，提早十二小时在商店门口露营，才好不容易用七五折买回来的。要知道这可是全线断货，排在我后面的那个白领姐姐也想要这一件，于是我们两个人就在大庭广众下抢夺同一个钱包，那叫一个惊险啊！幸好我腕力比她好，我可是专门为了这一天练了几个星期的拔河呢。结果自然是我赢了……"

"哇，真是太令人佩服了。"围在附近的女同学们齐声赞叹。

"厉害，厉害……"而男同学们则不约而同地喊道。

如果学校里有一堂课叫"时尚潮流课"的话，那么晓晴肯定会得满分。

"还有看看这个，"晓晴继续说，"这可是化妆品品牌欧莱雅的 VIP 卡。这种白金会员卡全世界只有 500 张，有钱也申请不了，只有被这个品牌所承认的上流人士才能拥有。呃，当然我不可能是上流人士啦，这可是半年前欧莱雅的首席执行官来港访问时，我坐在他的豪华房车前面赖死不走，他为了赶飞机才万般无奈送给我的……持卡者在欧莱雅可是享有七折优待和贵宾式的服务呢！"

"哇，真是太令人佩服了。"围着她的女同学们再次齐声赞叹。

"厉害，厉害……"男同学们仍是不约而同地喊道。

这情景看得小岚目瞪口呆。

才半天不到，晓晴就已经有这么多仰慕者，而坐在她隔壁的杨丽琪倒是被人完全无视了。在学校之外，杨丽琪走到哪里都是众人的焦点，没想到在学校里竟然有人比她更受欢迎，让她顿时感受到了被冷落。

"吵死了！"只见杨丽琪霍地站起，抛出这么一句话后，拂袖而去。

但是并没有人理会她。

只见在教室的另一边，晓星的受欢迎程度和晓晴不相上下，一大群人把他围了个严严实实。

小岚凑过去一听,原来他正在讲故事。

"……那时候真的好可怕啊!根据那张字条的信息,飞机上竟然被人装了个炸弹!危急关头我可不能坐视不理,我不能眼睁睁看着大家的安全受到威胁!于是,我就和刚好在飞机上的一个法国警察共同在飞机上做地毯式搜查。在找炸弹的同时,我也必须争分夺秒把放炸弹的凶徒揪出来。"只见晓星语不惊人死不休地喊道。

"哗!好惊险!"女同学们惊呼。

"晓星同学简直是活着的福尔摩斯啊!"男同学则自愧不如。

小岚一拍额头。

晓星所述的这个惊险万分的故事的确发生过,而当时晓星这家伙也的确在那架飞机上。问题是,到处调查而且"把放炸弹的凶徒揪出来"的人并不是他,而是小岚,这臭小孩完全把小岚所破的案件当成是自己的了。

"……还有还有,记得那次在一艘巨大的豪华邮轮上,一个少女神秘地失去踪影,工作人员遍寻不获,到底她是不小心坠海了呢?还是被人劫持了?我到底能不能把她找回来呢?欲知后事如何,请听我慢慢道来。"

虽说晓星严重侵犯了自己的"版权",但小岚却无心"踢爆"，让这家伙得意一时吧！私下再赏他几个炒栗子。

小岚摇摇头，无奈地走回自己的座位。

可是刚进入自己的座位范围，隔壁的温学晴便"唰"地射来冷冷的目光，把她吓得脚步一滞。

对于小岚来说，今天真不是一个理想的开学日。

一堂课接着一堂课，好不容易等到了午饭时间的钟声。

但当她跑去找晓晴和晓星的时候，却发现他们完全失去了踪影。明明约了一起吃午饭的啊，小岚心想不会是把她忘掉了吧……果然，她的手机随即震动起来，收到了两条微信。

微信A："十多名帅哥约我吃饭，正在选择中，你和晓星吃吧，对不起！"

微信B："同学坚持要听完我的故事，不和你们吃饭了，等会见。"

小岚气得想去揍那两个家伙一顿。

于是，小岚只好独自离开学校，往饭店集中的商场走去。

秋之枫自己没有食堂。据说原因有二：一是学校附近有许多饭店，学生不愁没地方吃饭；二是校长不喜欢校园里总有一股饭菜味，学校应该有的是书香啊！

转眼间,小岚已经走入商场里,这里的确饭店很多,天南地北、中式西式,各类美食应有尽有。

小岚在"多快乐"快餐店买了个套餐,却找不到座位,捧着装食物的托盘,在现场漫无目的地转了好几个圈后,仍是没办法坐下来。

此刻小岚狼狈极了,心里又不禁狠狠地骂着那两个把她甩了的家伙。

"哎,那位同学,坐这儿吧!"只听见身边传来一个女孩子的声音。

小岚转头望去,只见几米远的一张四人桌子旁坐了一个穿着秋之枫校服的女学生,正笑着朝她招手。女学生长得挺秀气,一双细长的丹凤眼,脸颊上还有小酒窝。

"噢……谢谢你。"小岚连忙道谢。

"坐我对面吧!我们只有两个人。我同学买餐去了。"女同学补充说。

"谢谢。"小岚把托盘放在桌子上,松了一口气。

"不用谢,我们都是秋之枫中学的学生啊。"女孩歪着头笑了笑,"我叫李晓培,读高一A班。我好像没有见过你啊,你是插班生吗?"

"对啊,我读高一 B 班,我叫马小岚。"小岚介绍自己。

听见小岚名字的那一刻,李晓培怔了怔,然后喊道:"啊!原来就是你!"

"呃,你知道我?"小岚问道。

"当然!"李晓培热情地说,"你的名字他跟我说了很多遍,我怎么可能不知道。"

"他?他是谁?"这可把小岚弄糊涂了。

这时小岚背后传来另一个没有感情的声音:"真是巧啊。"

小岚回过头去,只见程杰捧着托盘,正向她坐着的桌子走来。

"看来你们两个都已经互相认识了,那我就不用介绍啦。"程杰把食物摆到桌子上,然后坐到李晓培旁边。当程杰望向小岚时,她再次从这个男孩的眼里看见了敌意。

"命运真的很喜欢将我们凑在一起,对不对?"程杰一边搅拌着自己的柠檬茶,一边对小岚说,"这就叫物以类聚啊。"

"物以类聚?"小岚完全不知道程杰在说什么。

"来,你看看对面那个人。"程杰换了个话题,指了指隔壁桌子旁一个正在吃饭的中学生。小岚看过去,只见那个男生穿着附近另一所学校的校服。

小岚把视线移回来,奇怪地问道:"看见了,那又怎么样?"

"我并不认识这个人,但我能通过观察,告诉你一些和这个男孩有关的事情。"程杰轻笑一声,然后说,"我知道他的专长是弹吉他,而且有一个很胖的哥哥,家里养了一只很大的狗,而且父母其中一个是公务员。这是我靠推理得出来的结论,你觉得我说的正确吗?"

小岚朝那个陌生男孩看去,打量一下,便知道程杰没判断错。

这个男孩的左手指尖起茧,明显是长期弹吉他的人才有的特征;他身上的校服也过于肥大,而且有点旧,明显是他比较胖的兄长留下来的旧校服;而他右手手腕处那条勒痕,说明了他经常用狗绳拖狗外出散步,而且从勒痕的深度来看那肯定不是小狗;最后他胸前口袋上别了一支刻有"HK"字样的政府单位专用的圆珠笔,明显是身为公务员的父亲或母亲"不小心"带回家的。

好强的观察力!而且仅凭几个小细节,就可以推理出这么多的事情,难道这个程杰……

"程杰同学可是秋之枫中学的少年神探呢!"这时李晓培插嘴道,"他曾经破获过几十宗案件!例如'考试答案贩

卖案''电脑室电脑中毒案''图书馆记录造假案''美术学会展览破坏案''情人节偷窃案''学校墙壁涂鸦案''校长绰号源头案',还有……"

"好了好了。"程杰阻止李晓培继续说下去,"我想大名鼎鼎的小岚同学应该对这些小案件没有兴趣吧,和她的成就比起来,我只是小打小闹而已。"

听着程杰有点阴阳怪气的话,小岚这才明白,程杰的敌意从哪里来,原来是不服气。她正要开口表示一下自己的态度,听到程杰又说了起来。

"探案讲求的是严密的推理，我研究过你所破案件的所有新闻报道和文字记录，我的结论是，你的推理根本一点儿都不严谨。"

"不……严谨？"小岚没想到程杰会这样说，她也不生气，笑笑说，"请赐教！"

"你能破案，有时是因为毫无来由的灵光一闪，有时则是因为朋友某一句话的启发，实在是太不严谨了；推理讲求的是观察力，以此获取各种蛛丝马迹，然后抽丝剥茧，就像把洋葱一层一层地剥开一样，最终越来越接近真相。"他继续捣弄着自己的饮料，"我认为之所以你能屡次破案，不过是运气好而已。"

小岚耸耸肩，对程杰的话不置可否。自己从来就没打算成为什么首屈一指的名侦

探，每次协助破案都只是路见不平、拔刀相助而已。不严谨就不严谨吧，无所谓。

她笑了笑，说："我的确没什么了不起的，今后多交流，多指教。"

程杰本身聪明，又很大男子主义，一向瞧不起小女生，所以想给小岚一个下马威，挫挫她的锐气，免得她以少女神探自居，抢了他在学校的风头。却没料到小岚一点不在乎自己的挑衅，说出这样大气的话来。

程杰没再说话，自顾自吃午饭。于是小岚只好没滋没味地把套餐吃光，早早地离开了餐厅。

学校的离奇事件

第 4 章

谁脏了我的课桌

当小岚回到教室时,却发现教室里的气氛不太对劲。

一群人聚集在教室的一角,七嘴八舌地嚷个不停,而最突出的,是晓晴那高出八度的尖叫声:"我的课桌!天啊!这到底是谁干的?"

小岚连忙穿过人群,挤到晓晴的课桌前。一看之下,不禁吃了一惊。

只见晓晴那本来洁净光滑的仿木纹课桌,此刻已被泼上了深绿色的污渍。污渍呈放射状,从桌面的中心向外扩散,弄脏了整个桌面的三分之一,现在已经完全干透了,看上去就像一只超大号的变形虫。

晓晴露出一副咬牙切齿、怒火中烧的表情，是谁胆大包天，竟然敢戏弄本小姐。

"怎么回事？"小岚问道。

"有个可恶的家伙在我的桌子上洒了墨水！"晓晴答。

"呃……我看到了，我是问这件事是怎么发生的。"

"我什么也没有看见，刚吃饭回来就看见这情况了，幸好我没有把东西放在桌子上。"晓晴回答，然后转头望向在场的人，"你们有谁看见是谁干的这好事？"

大家纷纷摇起头来。

要知道学校规定不准自带饭盒，所以当秋之枫中学的午饭时间一到，就不会有人待在教室里。大家都会抓紧时间去吃饭，然后在商场逛几圈才回来，所以戏弄晓晴的"作案者"可以慢悠悠地"犯案"，根本不用担心被人看见。

不知道从哪里钻出来的晓星发话了："我说，肯定是姐姐你向财务公司借钱不还，看，现在被人泼油漆了。"

"我哪有借过钱。"晓晴突然灵机一动，对晓星喊道，"倒是一个月前向你借了二十块钱……是你泼的！"

"没有啊，冤枉！"晓星连忙否认。

一旁的小岚，此刻正俯身研究着那块已经干透的污渍。污渍呈深绿色，看上去似乎是绿色墨水，从桌子的左下角

学校的离奇事件

往右上角泼去，在污渍的中心点处有个直径大约 5 厘米左右的圆形痕迹，看来，当绿墨洒在桌子上时，有什么东西刚好放在桌上……

小岚查看桌子的边沿位置，只见其中一条水痕流到了边沿之外。于是她跪了下来，仔细检查地面，却不见任何滴在地上的污渍。

奇怪，小岚心想。

这时越来越多的同学回到教室，也越来越多的人聚集在晓晴的课桌附近，高一 B 班班长只得跑出来维持秩序了。

"快要上课了,各位同学请回到自己的座位去。"班长徐嘉明挤到人群中央,边说边挥动着手臂。

"对啊,对啊,回到座位上去。"没想到晓星会支持书呆子班长,"保护凶案现场!喂,那个家伙,别拍照,清场清场!"

晓星不吭声还好,他那大嗓门一喊,连隔壁班的同学都听见了,出于八卦心理,许多人跑过来看热闹。

"哎,你别在这儿捣乱。"徐嘉明急了,"你看,人越来越多了!"

"没关系!我来摆平。"晓星拿出一大卷胶带纸,"大家让开!我要在凶案现场拉出一条分界线!"

说着,他把胶带纸拉得长长的,到处乱贴,试图像警方封锁现场一样拉起"警戒线"来。徐嘉明一看这还得了,连忙追着他跑,但晓星比他跑得快多了……现场一片混乱。

追了半天追不着,徐嘉明只好大喊:"来人啊!清洁委员,把那张桌子上的污渍擦掉!"

小岚听见这话,正要说话,却有另一个声音先声夺人了:"不能擦!"

听见这洪亮的声音,围观的同学连忙让出一个缺口来,"秋之枫少年神探"程杰随即通过缺口走到班长面前,身后

还跟着李晓培。

"这可是重要的证据,不能擦掉。"程杰重复道。

"难道……难道程同学你要找出作案者?"班长满脸疑惑地问,"但是,呃,那不过是块污渍而已啊,这有可能办得到吗?"

"当然,凡事皆会留下蛛丝马迹。"程杰笑着说,"侦探能从各种平凡的事情中找到真相。例如说,徐同学,你中午肯定是吃了牛肉饭。"

"啊?你怎么知道?"班长急忙捂住嘴巴,"难道我牙缝里有牛肉丝?"

"没有。"程杰用指头点点班长白衬衣右上方的口袋,"其实很简单,你习惯把买饭后找零的钱放在衬衫口袋里,我可以看见里面有两个一元硬币和四个一角硬币,也就是说有两元四角,也意味着你用四十元买了个三十七元六角的套餐。我刚才在'多快乐'快餐店吃饭时见到你了,在'多快乐'快餐店里,只有牛肉饭是这个价钱。"

"哇,好厉害。"班长惊叹道,"我服了。"

"现在,就让我看看现场吧。"程杰说着走到晓晴的桌子旁边,用得意的眼神瞄了小岚一眼。

他仔细地检查了洒满污渍的桌面,看了一遍又一遍,最后他抬起头来。

"墨水从桌面左下角往右上角泼去,大家知道这意味着什么吗?"他突然问道。

在场的人都摇了摇头。

"这说明犯案的人是左撇子。"程杰皱着眉头说,"这班的左撇子可不少,但据我所知,曾经和周晓晴发生过摩擦,又是左撇子的人,只有一个。看来你难逃法网了——温学晴。"

只见大家"唰"地把视线转向教室后排的那个女孩身上。温学晴此刻正在用左手不知道在写着什么,一听见程杰的话,马上就站了起来:"你这是诬蔑!"

"证据确凿,岂容你抵赖?"李晓培喊。

"就凭什么左撇子右撇子的推断?"温学晴激动地说,"那都是胡扯,有人看见我向她的桌子泼黑墨水吗?没有!你根本就没有真凭实据。"

"今天早上周晓晴泼了你一身饮料,然后中午她的桌子就被泼上了墨水,不但手法相同,就连污渍的颜色也一模一样,这未免太巧了吧?"程杰朝着她走了两步,"为了报复,你趁大家出外用餐时,偷偷跑到外面买了一瓶墨水,泼在周晓晴的桌子上,对不对?但是你却露出蛛丝马迹,用自己惯用的左手来泼墨,所以才会形成左下至右上的墨渍!"

"当然不是!你……你胡说!"温学晴仍在否认,但却无法提出反证。

"肯定就是你。"晓晴气得咬牙切齿的,"不是你是谁?"

"嗯,无论是环境证供还是动机皆指向同一个人。"班长点头道,"温同学,如果真的是你的话,就承认了吧,我会替你向美宝老师求情的。"

现场的同学们议论纷纷。对啊,温学晴是班里出了名的坏脾气学生，如果说有什么人会因一时之气向别人的桌子泼墨水，恐怕非她莫属了。

何况，这是神探程杰的判断，对于大家来说，他说的话就是事实。

小岚可并不认同这个想当然的推断。

有些东西不太对。

"等等！大家不要这么快下结论吧。"小岚举起手来，把大家的窃窃私语声都压了下去，"我认为温学晴不可能是作案人。"

"是吗？"程杰转过身来，挑战似的望着她，"为什么呢？你倒是说说。"

"你们想想，假设温学晴要报复的话，那她肯定不希望让人知道自己的行为，那问题就来了。为什么她要使用如此明显的手法呢？早上被人泼了饮料，下午就马上用泼墨水来报复？还要特地使用相同颜色的墨水？这不等于挂个牌子写着'温学晴为报复而泼的'吗？实在是太不合情理了，哪有这么笨的案犯呢？"

"小岚同学说的有道理。"旁观的好些同学都点头同意。

"我想作案者就是这么笨。"程杰耐不住性子，反击道，"如果泼墨的人不是温学晴，又会是什么人呢？你能够推理

出来吗?"

"不,我不知道。"小岚承认自己不行。

程杰不耐烦地半转过头,总结道:"既然没有其他可能性,那么作案者就只可能是你了。温学晴,你得和我去见见班主任。"

"我说过了,不是我做的……"温学晴坚持道。

就在这个时候,小岚突然瞥见晓晴的同桌杨丽琪,她靠在椅背上,双手交叉放在胸前,一副置身事外的样子。而杨丽琪脚下的地面……

小岚豁然开朗。她又留意到杨丽琪的课桌里……

"我知道事情的真相了。"小岚胸有成竹地说。

同学们不约而同地望向她。

"晓晴桌上的污渍又黏又稠,而且还不容易脱色,我们一直都以为那是绿色的墨水。但这个推断完全错了。"

"如果不是墨水,到底是什么东西呢?"班长问。

"颜色鲜艳、又黏又稠、容易干,而且不易脱色,想想什么美妆产品有这些特性?"小岚看见四周一些女生恍然大悟的样子,"对了,就是指甲油!绿色的指甲油和绿墨水色泽上很相似,但指甲油因为要涂在指甲上,所以干得快。"

程杰说:"好,就算是指甲油吧,那你知道谁泼的指甲油吗?"

"程同学少安毋躁。"小岚指着杨丽琪说,"这个人就是她,杨丽琪!"

"啊,是杨丽琪?!"教室里的人都感到很惊讶。要知道杨丽琪虽然性格高冷,但也不是惹是生非的人,怎么今天做出这种事来。

大家都看着杨丽琪。杨丽琪死死地盯住小岚,说:"你有什么证据说是我!"

程杰也说:"是呀,你的根据是什么?我们可不能随便冤枉一个同学。"

"第一个证据就是污渍中这个圆形的痕迹,这个痕迹说明当污渍泼到桌子上时,有什么东西正放在桌上。这个东西我已经找到了,就是杨丽琪桌上这瓶乳酪饮品。"小岚拿起那瓶饮品,指着底部,"你们看,这底部还有一点点没擦干净的绿色痕迹,另外,这底部的大小跟桌子上的圆形痕迹一模一样。"

"啊,那瓶底真是还沾有指甲油呢!"同学们议论纷纷。

"第二个证据是杨丽琪课桌里这瓶指甲油。"小岚从杨丽琪课桌里拿出一个小瓶子,"这指甲油只剩了一小半,按

这瓶子的容量，泼在晓晴课桌上的部分，就是不见了的大半瓶指甲油。"

"哇，小岚同学的观察能力太强了，这样的细节都注意到了！"同学们都表示惊叹。

晓晴见找到真凶，气愤地质问："杨丽琪，你干吗故意把指甲油泼在我课桌上，我什么地方得罪你了？"

小岚拍拍晓晴肩膀，说："晓晴，杨丽琪并没有故意泼指甲油，也没把指甲油泼你桌上。"

"啊！"不光是晓晴，其他在场的人也都呆住了。

小岚不是自打嘴巴吗？刚才明明说……

小岚笑笑，解释说："泼指甲油的是杨丽琪，但她并不是故意的。她在自己桌子上涂指甲油，不小心把瓶子碰翻了，指甲油泼了到课桌上。说她是不小心，是因为没有人会故意弄脏自己的桌子。真相是这样的，她不小心弄脏了自己桌子后，把桌子跟晓晴的课桌互换了。"

晓星在一旁听小岚分析，听得津津有味。这时他问了一个很多同学都想问的问题："小岚姐姐，你真厉害！你怎么知道杨丽琪换了桌子？"

别的同学也都七嘴八舌地说："是呀是呀，课桌都一样的，你是怎么判断出来的呢？"

谁脏了我的课桌

"你们看,这张课桌上的污渍,其中一条水痕流到了边沿之外,按道理会滴到地面上,但我却没看到晓晴座位位置的地面有指甲油滴落的痕迹。当我看见杨丽琪课桌下的地面上有被拭擦过的绿色污痕后,我便明白了。"

小岚把视线转向那个红透半边天的歌手:"真相是这样的。午饭过后,你回到教室,把正喝着的饮品瓶子放到桌子上,然后拿出指甲油想涂指甲。没想到不小心把瓶子碰倒了,弄脏了桌子,也滴了些到地面。你懒得把污渍洗掉,所以就索性把桌子换给了晓晴。"

杨丽琪听了,一言不发。小岚的话令她无法抵赖。

"哇,没想到她这么自私!"

"是呀,己所不欲,勿施于人嘛,真差劲!"

小岚对杨丽琪说:"我觉得你应该向晓晴道歉。"

杨丽琪在同学们的直视下,有点勉强地对晓晴说了声"对不起"。

晓晴也没跟她计较,挥挥手说:"算啦算啦,希望没有下一次。"

"好了,真相大白。小岚姐姐,你真不愧是我的偶像。"晓星没忘了及时地拍小岚姐姐的马屁。

其他人也都用钦佩的目光看着小岚。小岚忙说:"小意

思,没什么的。好了,都散了吧,上课了,老师要来了。"

看热闹的同学们都散了,小岚刚想回自己座位,程杰却把她喊住了。

"如果给我多一点儿时间想想,也会一样得到正确的结论……"程杰不服气地说。

"嗯,也许吧!"小岚笑了笑,然后回到自己的座位上。

当她从课桌里取出课本时,听见从邻座传来了一句话:"谢谢。"

小岚望向温学晴,见她低着头装着看书,不禁低声笑了起来。真是一个别扭的家伙!

第 5 章

茶杯里的风波

星期二，清晨。小岚迷迷糊糊地起了床。

科学家说过，星期二对于学生和打工仔来说是最难熬的一天，因为前不着村、后不靠店，周末充足休息所攒下来的能量已经用光，而距离下一个周末又非常漫长。所以，小岚讨厌星期二，讨厌极了。

这天早上小岚按照惯例，到隔壁晓晴和晓星的家里吃早餐。刚坐下，她便"砰"的一声把头搁在餐桌上。

"嘿，看来今天有人不太精神哩。"晓星咬着汤匙说。

"我讨厌星期二。"小岚说话时连头也没抬起来。

"你知道我最讨厌什么日子吗？老爸老妈出差的时候，

就像今天这样。"晓星叹着气说,"因为这种时候早餐通常就由姐姐准备了,而这绝对是非常恐怖的一件事。"

"早餐来啦!"晓晴从厨房走出来,把一个盘子放在晓星面前,"这是你的。你看姐姐对你多好。"

晓星一看就知道不对劲了:"姐姐,这是什么?"

"豆浆麦片泡豆角,还加了一点豉油。"晓晴兴致勃勃地说。

"能这样煮吗?"晓星眉头皱得能夹死一只蚊子。

"为什么不能?人类就是在探索中前进的。"晓晴义正词严说道,"你给我把早餐吃光,不准浪费。"

说着她就跑回厨房去,准备另一盘早餐了。

"呃!"晓星望着那盘颜色古怪的早餐,吐了吐舌头,"小岚姐姐,我把这个月的零用钱都给你,你替我把这东西吃掉好不好?"

小岚瞅了一眼,说:"别开玩笑,和钱比起来,当然是自己的小命要紧。"

知道小岚也解救不了自己,晓星连忙把早餐放在地上。

"比奇,喂喂,比奇过来。"晓星一边拍手,一边小声地喊道。

正在窝里睡觉的比奇听见呼唤后,摇摇晃晃地站起来,迈开小短腿朝晓星走去。比奇是一只迷你宠物猪,整个身体粉红粉红的,右眼和后腿有着黑色的大斑点,身形和一只哈巴狗差不多。它很爱吃,性格也活泼得很。

当初晓星嚷着要养宠物的时候,晓晴本来以为他会养狗,又或者养只猫之类,最后竟然标新立异地养了只迷你猪。当然,养猪也有养猪的好处——首先猪既不会汪汪叫,也不会喵喵叫,至多偶尔哼哼两声;其次猪很意外地是一种很爱干净的动物,甚至比猫还喜欢洗澡;最后迷你猪几乎

什么都吃,差不多晓星吃什么,它就吃什么,很容易养。

"来,比奇,乖,帮我把这个吃光光。"晓星指着放在地上的早餐。

没想到比奇嗅了嗅,便一脸嫌弃地走开了。

晓晴所煮的东西就连猪也不吃……看来比奇对自己的食物还是有要求的。

于是晓星只好把早餐放回桌面,欲哭无泪地吃了一口。

小岚看着他憋屈的样子,不由得哈哈大笑。

"小岚,这是你的那一份!"晓晴把一盘黑乎乎的食物放在小岚面前。

这下小岚笑不出来了:"晓晴,这到底是什么东东?"

"看不出来吗?菠菜炒鸡蛋啊。"

"还真看不出来。哪些是菠菜,哪些是鸡蛋?你别是把一块焦炭放碟子里了吧!"

"喂,朋友,请尊重一下我的劳动。"晓晴嘟着嘴不高兴。

"姐姐,你的早餐呢?"晓星想看看晓晴给自己做了什么。

"我不吃,节食。"

"那我也向姐姐学习,也节食。"晓星拿着盘子,跑进厨房,把东西倒了。免得自己姐姐强迫自己吃这恶心的东西。

"臭小孩！"晓晴很恼怒，又说，"幸好还有小岚欣赏我的厨艺。"

"不敢当不敢当！"小岚指指自己面前那盘黑乎乎，对跑回来的晓星说，"晓星，麻烦你再跑一趟！"

"嘤嘤嘤……"晓晴跺脚。

小岚和晓星瞅着她，评论着：

"哭得一点也不伤心，而且是没有眼泪的。"

"是呀，演技不怎么样嘛。"

"气死我啦！"晓晴拿起书包，冲出家门。

小岚说："晓星，跟上，小心她一怒之下跳河。"

晓星说："小岚姐姐放心，她不会跳河的。她买的那套昂贵的化妆品还没用完呢，她舍不得！"

三个人就这样饿着肚子上学了。小岚没想到，这天，注定是繁忙的一天，"罪恶"正式降临了秋之枫中学，她忙得连午饭也顾不上吃，当她饿得肚皮贴着后背时，才悔不当初，早知道那块黑乎乎的早餐也应该啃上几口。

这天上午的第一个课间，高一 B 班的班主任美宝老师捧着厚重的课本和作业本，缓缓地走回自己的办公室。

美宝老师打开办公室的大门，除她以外，里面空无一

学校的离奇事件

人。半年前,秋之枫的校舍扩建,大部分的教师都迁到了一楼的办公室,只有美宝老师、一位数学老师和另一位教体育的男教师暂时留在原地。因为三个人用不了那么多地方,所以原本非常宽阔的教师办公室被一分为二,大点的那部分被改建成电脑室,小点的放了三张办公桌和几个文件柜,三位教师用来办公。

那位数学老师快到退休年龄了,因为身体不好,已很少讲课,每星期只回校一两次;而体育老师则由于工作性质的关系,很少待在教师办公室。因此,这里很多时候都只属于美宝老师一个人。

能拥有自己的私人空间真棒!美宝老师常常这样想。她实在不想搬走。

美宝老师是一个很乐观的人,这一点基本从她脸上就看得出来。她很爱笑,就连四周没人的时候也仍然是笑眯眯的,而这种笑容毫不造作,绝对发自内心;因此无论她出现在什么地方,在场的人都会被她的性格感染,变得活泼开朗起来。

这真是美好的一天,她心想,这也是新学期的一个美好开始。高一的学生都很听话,互相之间也相处得不错——有些插班生可能不太适应,但她相信过不了多久,他们就会慢慢习惯了。

当然，无可避免地，有时候学生也会闹矛盾。昨天中午发生的那场小小的冲突，美宝老师也从B班班长那里听说了，幸好事情来得快、去得也快，并没有造成太大的麻烦。据徐嘉明说，大家差点就误会了温学晴，如果不是那位名叫马小岚的插班生灵机一动，推断出真相的话，温学晴就会蒙上不白之冤了。

正想着，美宝老师放下重重的课本和作业本，她下意识地拿起桌上的茶杯，揭开盖子放到桌上，然后走到办公室角落的茶水间里，把里面的茶叶渣倒掉，然后把茶杯仔细地洗干净。完成这些动作后，她回到办公桌前，拉开抽屉，挑出一个茶包放进茶杯里，然后接了满满的一杯开水。

下课后喝上一杯香浓的绿茶，是美宝老师的习惯。

对于很多人来说，这茶的温度可能太烫了点，可是对于美宝老师来说却刚刚好——她只喜欢滚烫的、热乎乎的饮料。

她舒适地坐在自己的椅子上，随手翻着自己捧回来的作业本，同时带着欣赏的态度啜饮着绿茶。美宝老师在这天上午只用上一节课，于是她决定利用这段时间批改同学们的作业，由于是新学期第一天的作业，所以内容不多，不过是几道选择题而已，她相信如果顺利的话，不用一个

小时就可以批改完毕。

不过在批改作业之前……

由于美宝老师的家离学校很远，所以每天早上她都马不停蹄地赶过来上课，连早餐也来不及吃，所以如果时间允许的话，她通常会趁第一个课间的时间，到学校的小卖部买点东西来填肚子。而现在，美宝老师的肚子已经咕咕作响了。

于是她站了起来，将杯盖盖在杯子上，然后离开了办公室。

当美宝老师沿着楼梯往下走，一边在想到底是吃鱼丸还是三明治时，一个黑影悄悄地出现在教师办公室的大门前。

黑影向四周张望，确定没人注意到自己后，迅速推门而入，毫不犹豫地往美宝老师的座位走去……

五分钟后，美宝老师拎着早餐回来了。

"咦？"当她走到办公室附近时，却意外地发现刚才走时关上了的大门半掩着。

说不定只是某个班长来找她，等了一会儿不见人，没有关好门便离开了。美宝老师微笑着心想，又或者是某个未交作业的同学，趁上课的时候把作业补做好，然后偷偷送来——虽说这样做不太合适,但美宝老师并不会介意,她对待学生是非常宽容的。

美宝老师重新坐回到座位上,把桌上的作业本推到一边去,她打算先解决早餐再批改作业。她将早餐放在桌子中央,然后拿起杯子,喝了一口茶。

她猛地皱了皱眉。

好咸啊!这是美宝老师的第一个感觉,这还是那杯绿茶吗?简直就像在喝海水,而且还有一种甘涩的、苦苦的怪味道……

美宝老师立即往杯里看去,只见之前放在里面的茶包仍在,但茶的颜色已经产生了变化,而更让这位可敬的老师惊讶的是,杯底中央竟然有一张小字条。

她小心地用笔将字条捞出来,上面的字迹已变得模糊,但仍勉强可辨。

"幸好这不是真的毒药。恭喜你成为这宗谋杀案的受害者。凶手字。"字条上写道。

自新学期开始后,美宝老师脸上第一次露出了严峻的表情。

中午放学时,小岚拿着钱包正准备去吃饭,听到有人

喊她的名字:"马小岚!"

"嗯?"小岚抬起头,见是李晓培站在高一B班的门口叫她,"请问有什么事?"

李晓培的表情看起来不太高兴,她说:"美宝老师叫你到教师办公室一趟。"

小岚有点惊讶,现在是午餐时间呢!到底美宝老师有什么事要急着跟她说?

"这个时候?"小岚问道,"什么事?"

"我怎么知道。"李晓培不耐烦地回答,"我只知道程杰也被她叫去了。"

于是小岚不敢怠慢,连忙赶往教师办公室。

李晓培说得没错,程杰果然也在里面。当小岚走到两人面前时,只听见程杰正在对什么事发表着意见。

"……如果是恶作剧的话,也实在太过分了。找到作案的人,要把他开除出校。这简直就是对师道尊严的挑衅!"

"其实没有那么严重啦,也不必给那么重的惩罚。"美宝老师摇摇头,继续说道,"只是,此风不可长。恶意的捉弄,尽管不会对别人造成实质性的伤害,但也不应该这样做……啊,小岚同学,你来了,请坐下吧。"

"啊,不用了。"小岚看见程杰也是站着的,所以谢绝了老师的建议。

程杰望向小岚，一脸的不高兴。

美宝老师这时才意识到什么，她知道自己这个学生很傲气，一定是不开心自己把小岚也请来了，连忙对他说："我忘了说啦，我把小岚同学也叫来了。我知道她在原来学校有少女神探之称，我希望她和你一起调查这起茶水异味案。希望你不要介意。"

"噢，当然不会……"程杰嘴里虽然这样说，但表情却明显地表现出他的不乐意。

"老师，到底是什么事？"小岚没管程杰的态度，好奇地问美宝老师。

"首先给你介绍一个合作伙伴。"美宝老师笑着指了指程杰，"我想你已经认识程杰了。程杰是我们学校里有名的'少年侦探'，曾经替学校勘破了不少不明案件。"

"我听说过。"小岚点点头。

"之前每次发生此类事，我都会委托给程杰和他的小助手李晓培进行独立的调查。"美宝老师用指尖托了托眼镜，一脸的骄傲，"他们从没有让我失望过，我相信，这次也是一样。"

"这次？发生了什么事？"小岚说。

"恶作剧。"程杰严肃地说,"不怀好意的恶作剧。有人在美宝老师的茶杯里放了不知什么难喝的东西,还留下了一张字条。"

美宝老师拿起放在桌子上的字条,小心地递给小岚。

"小心,还没干透。"她说。

小岚接了过来。只见字条上的字迹已经极度模糊了,几乎无法阅读。

"幸好这不是真的毒……你成为这宗……案的受害者。凶手……" 因为有好些字都被水化开了,小岚难以辨认。

"幸好这不是真的毒药。恭喜你成为这宗谋杀案的受害者。凶手字。"美宝老师一字一顿地复述道。

"咦?那不会真的是毒药吧?老师你把茶喝下去了?"小岚立即问道。

"放心,我还活得好好的。"美宝老师笑了,"我不知道茶杯里放的东西是什么,但至少肯定没有毒。"

"那是什么味道的?"程杰问。

"很咸,非常非常的咸。我认为尝起来很像做spa时用的海盐。另外还有一种甘苦的味道,又有点呛人,像某种中药。"

"不会是毛地黄吧?"小岚小声道。

"哼,毛地黄尝起来会有咸味吗?"程杰大声反驳。

"程杰。"美宝老师责怪地瞧了瞧程杰,"程杰,你和小岚都很聪明,在查案方面各有千秋、各有所长,所以希望你跟她互相配合,而不是互相排斥,一定要争个高下。你明白我的意思吗?"

程杰好像很不情愿地点了点头。

"那……嗯,事情发生在什么时候?"小岚试着改变话题。

于是美宝老师将事情经过简单地讲了一遍。

"也就是说,那人在你离开办公室到小卖部买早餐的这段时间里,潜入办公室,将字条和所谓的'毒药'放进杯子里。"程杰思索道,"那正是课间休息时啊,几乎所有人都有作案的时间。"

此刻小岚正看着手上的字条,觉得这种纸看起来很熟悉,不知道在哪儿见过……

"我想这属于秋之枫中学的学生作业本。纸质偏黄,带有杂质,有点厚,是再造纸。"小岚指着字条边沿一条断断续续的蓝线,说,"还有这横线就印在作业本的上方。作案者将自己的作业本撕下一页来,割取一部分,然后写成这张字条。"

接着她将字条高高举起，迎着灯光，继续道："作案者所用的笔是圆珠笔，因为如果是墨水笔的话，字迹肯定全化开了。从字迹的歪斜程度来看，可以肯定作案者用了某种特别的方式来写这些字，例如用自己不惯用的一只手来书写，好让我们无法辨认笔迹。"

"我得实事求是地指出，你的推理对破案根本毫无用处。"程杰忍不住插嘴说，"学校里每个人都有作业本，也不知道多少人都有圆珠笔——这并没有缩小我们的调查范围。"

"那你又有什么更好的推论呢？"小岚皱了皱眉头。

"你现在是恳求我吗？那就拿出虚心求教的态度来……"

"嗤！你以为自己是谁呀！"小岚再好脾气也忍受不了程杰的自以为是。

见到两个学生互瞪着对峙，美宝老师无奈地捂着脸，心里懊恼自己为什么要把两人叫到一起查案……

五分钟后，当两人一再向美宝老师保证好好配合后，才一起离开了教师办公室。

"你接下来准备怎么做？"程杰站在空荡荡的走廊上，望着小岚。

"在没有更多线索的情况下，当然是调查同学们的不在

场证据,高一年级只有B班是由美宝老师任教的,所以可以集中在这个班里进行调查。"

"真厉害。"程杰拍起了手来,"B班差不多有三四十人,你真的打算逐个去调查吗?"

"如果你有其他建议的话,请尽管提出。"

"好啊,你喜欢就自己慢慢问个够……"程杰说,"我将会用更快更好的方法来破案,一定比你更快查出事情的真相。"

"那就走着瞧。"小岚挑战似的望着他,"到时候别问我要调查结果。"

"我才不会。"程杰也回敬道。

"很好!"

嘴里说着意气用事的话,两人各自大步往相反的方向走去。

小岚老大不高兴地皱着眉头,她可是真的生气了。她发誓一定要用最快的速度找出制造恶作剧的人,教训一下自以为是的程杰。

刚进高一B班教室,就看见在里面等待的晓晴和晓星。

"啊!小岚,原来你在这儿。"晓晴挥着手说,"我还以为你自己跑去吃饭了。昨天我们'抛弃'了你,很后悔,于是今天决定特地和你一起吃午餐。"

"是啊,小岚姐姐,你是不是很感动?"晓星不忘邀功,"你知道吗?为了和你吃饭,我已经婉拒了很多热情粉丝的邀请了。"

"废话少说!"小岚一点不领情,挥挥手,一脸兴奋的样子,"又到我们'刑侦三人组'行动的时候了。"

"啊,有大案要破?"晓晴和晓星大喜。

吃饭的时候,小岚把发生在教师办公室里的恶作剧详细地描述了一遍。

"恶作剧是吧?"晓星一边嚼着自己的咖喱饭,一边含糊不清地说,"说到恶作剧我可是最在行的了,这件事就交给我吧!"

"我们是要查案,不是去搞恶作剧。"晓晴瞪了弟弟一眼,然后问小岚道,"老实说我搞不明白,那家伙要作弄人的话,为什么偏偏要作弄美宝老师呢?她是那么可爱可亲的一个人,会有谁不喜欢她?我觉得如果作案者作弄的人是英文老师,那还说得过去……你知道,他开学第一天就给我们弄了个突击测验,第二天就要求我们用英文写一篇两千字的文章,大家都对他又恨又怕。"

"晓晴这个思路很好。"小岚点头同意,"作案者为什么

要这样做？作弄美宝老师对他有什么好处？我觉得首先要搞清楚这人的作案动机。"

"说不定那个人就是想捉弄英文老师吧，只是搞错了桌子，错把东西放进美宝老师的杯子里。"晓星一本正经地发表着自己的意见，"现在，只要我们找出谁最憎恨英文老师……"

"哎，英文老师的办公室在一楼。"晓晴不耐烦地打断道，"整整隔了一层楼，又怎么可能搞错？只有美宝老师、体育老师和另一班级的数学老师使用那一间办公室，就算作案者真的是弄错了桌子，也和英文老师无关吧。"

"难道……"小岚突然不说话了，思考着。

"小岚你想到了什么？"

"我想，作案者之所以选择作弄美宝老师，仅仅是因为这样做较容易得手。"小岚微笑道，"也就是说，作案者并不是因为针对美宝老师而做出这样的恶作剧，而是由于一楼教师办公室的老师较多，任何形迹可疑的学生都会被发现，从而让作案者暴露自己的身份。而二楼的办公室只有三个老师，可能甚至大部分时间只有美宝老师一个，恶作剧执行的可能性较高。"

"我说这作案者可真无聊，无事生非，以捉弄别人为乐。

世界上竟然会有这种人？把他揪出来，开除他的学籍！"晓星大义凛然地说。

小岚和晓晴听了，若有所思地盯着他看。

"望着我干什么？"晓星奇怪地问，似乎意识不到自己根本就是这种无聊的人。

"我觉得这并不是普通的玩笑。"小岚转回正题，继续道，"那张字条上的话让我感到不太对劲，'恭喜你成为这宗谋杀案的受害者'，乍听起来是虚张声势，但可以看出字里行间透露着深深的恶意，作案者似乎心理有点黑暗。"

"那就更奇怪了，作案者既怀着恶意，但这种恶意又不是针对美宝老师本人，那作案者的目的到底是什么？"晓晴问。

"这就是我们要寻找的答案。"小岚回答，"我们现在首先要做的事，就是通过调查，把有作案时间的人找出来。"

第 6 章

风扇上的"定时炸弹"

接下来整整一天,小岚、晓晴和晓星都在努力地调查高一 B 班同学的不在场证据。小岚首先把案件发生的那个课间里没有离开过教室的同学都标示出来,然后通过询问学生本人、邻座和班长来进行确认,最后把这批学生都排除在嫌疑名单之外;而那些曾经在课间离开教室的人,则由晓晴和晓星通过旁敲侧击的方法,确认这些人的行踪。

通过排查,嫌疑人的数量越来越少了。

但到了第二天中午,当小岚的调查工作仍在进行中的时候,程杰和他的助手李晓培突然出现在小岚的面前。

"我想,你的调查进度肯定落后于预期吧?"程杰露出

风扇上的"定时炸弹"

不怀好意的微笑。

"难道你已经知道谁是作案者了？"小岚不甘示弱地反问道。

"没有，但也快了。"程杰神秘地说，"言归正传，我之所以来这里，是因为有一些和案件有关的情况要告诉你。"

"你会这么好心？有什么企图？"小岚哼了一声。

"我只是想玩个公平点的游戏，这些情况对破案有帮助，如果不告诉你的话，就算我比你更早找出作案者，也赢得没有意思。"程杰高傲地说，"如果你不怎么忙的话，带上你的两个助手，我们找个安静点的餐厅边吃边谈。"

小岚没再说什么，找来晓晴和晓星，跟着程杰、李晓培两人来到一家僻静的比萨店里。

点了食物后，程杰便让李晓培讲述了她经历过的一件事。

"暑假结束前几天，我做功课时发现暑假作业本忘在旧教室了，所以便回了学校一趟拿作业本。之后一时好奇，跑去看新学期的教室，没想到一推门就被落下的'砖块'砸中了……"李晓培把被做成砖块模样的厚纸盒砸中脑袋的事说了出来，"厚纸盒上贴了张小字条，上面写了一句话，我记得很清楚，'幸好这不是真的砖块，恭喜你成为这宗谋杀案的受害者。凶手字。'"

65

小岚皱了皱眉头,说:"咦,这句话跟美宝老师茶杯里那张字条上的话太相似了。"

"还不止!"李晓培神情有点激动,"程杰跟我讲述发生在美宝老师身上的恶作剧时,我立即就想起了那天在教室里遇到的事情,于是便让程杰找美宝老师要来那张茶杯里的字条。一看,发现字条上的字和'砖块'背面的字,字迹一模一样。"

程杰这时插进话来:"于是我得出结论,教室砖块砸人案和茶水异味案,两件事一定有关系,很可能……这都是同一个人做的。"

"那块'砖块'你有没有留下来?"小岚想了想问。

"没有,当时我怎会想到以后还会发生同类的连环案件,我以为只是一个无伤大雅的玩笑,仅此而已。所以我便把那东西扔掉了。"李晓培说。

"连续发生的两宗恶作剧。"小岚喃喃道,"这到底说明了什么?"

"说明这是一宗'连环谋杀案'。"程杰回答。

程杰的话本来很可笑,但在场的人都没有笑出来,大家都意识到,这案件越看越不像普通的恶作剧了。

"你的意思是说,作案者以后还会继续犯案?"小岚说。

风扇上的"定时炸弹"

"很有可能。"程杰点了点头,"作案者在重复使用同一套模式来进行'谋杀',第一次是使用'砖块'所制作的陷阱,第二次是使用放进杯子里的'毒药'。可以预计,不久之后就会发生第三宗案。"

"作案者为什么要这样做?很奇怪哦!"晓晴道。

"这就是问题的关键——到底作案者的'动机'是什么?"小岚沉思着说,"茶水异味案明显并不是故意针对美宝老师的,而教室砖块砸人案应该也不是针对李晓培的。因为李晓培回学校拿作业本这件事,作案者不可能预料到,也更不可能料到她会跑去看新教室,从而触动机关。"

小岚托着腮想了一会儿,说:"让我们来看看作案者本来的计划——这人在暑假快结束的时候,趁着看门的校工不注意,溜进了高一A班,把'砖块'放在门上,然后偷偷离开。那作案者所希望的事情是什么?就是要在学校开学的当天,众目睽睽之下让第一个踏进教室的学生被'砖块'砸中额头,这件事必然会成为这天的头条新闻被广泛传播,这就是作案者本来的目的。只是没料到李晓培一个人回学校拿作业本,从而使机关提早触发,而她又不当一回事没跟同学说……"

"而在昨天的事件中,"程杰不甘示弱地插嘴道,"作案

67

者试图通过向老师下手,来引起所有人的注意。作案者认为老师在被作弄后,一定会兴师问罪,在全校范围内寻找作案者。只是他没料到美宝老师没有声张,只是委托我们暗中进行调查……"

"这就说明了,"小岚再次把话题夺了回来,"不管作案者的最终目的是什么,都是在试图引起大家注意,把事情闹大——所以既然作案者在前两宗案件中没能达成目的,那么第三宗案件的发生就无可避免了……"

"而事件发生得越多,留下的蛛丝马迹就越多,接下来就是我们的机会,破案的曙光就在前面!"程杰眼睛亮亮的。

"那到时就可以根据越来越多的疑点,确认作案者的身份了。"小岚抢在他之前完成了这个句子。

只见李晓培、晓晴和晓星的眼睛骨碌碌地在两个大侦探之间打转,仿佛在看一场乒乓球赛;看见两人争着说话的情形,着实有趣。

"你怎么总打断别人的话?"程杰不满地对小岚说。

"是你先打断我的。"小岚更加不满。

"我只是觉得你老在说废话,所以才插嘴替大家省点时间,真让你自顾自说下去的话,谁知你会不会讲到猴年马月。"

"我可是在认真地讨论案情。"小岚不服气地说,"老实说,我那么努力地搜集证据,这期间你又干了些什么?睡觉?做白日梦?数星星?"

"为什么要告诉你?说不定我的想法说出来,转眼就被你当成自己的结论,高高兴兴地跑去跟美宝老师汇报了。"

"我绝不会这样做!"

"是吗?前天的课桌'墨渍'一案的功劳不就被你夺去了?"

"夺你个头!明明是你自己技不如人!"小岚生气地拍桌子。

一时间大家都不再说话了,现场气氛尴尬得很。

"呃,说起来……"晓晴连忙开口,打了个圆场,"我的芝士比萨怎么这么久也没送来呢?都快十分钟了,效率真慢啊!"

"你叫了芝士比萨?"李晓培也配合着说,"我试过了,并不是太好吃。我建议你以后试试那个海鲜杂菜芝士比萨……"

于是大家就开始聊起其他不着边际的话题,再也没有提起这宗案件。

他们没料到的是,第三宗案来得那么快。

学校的离奇事件

第二天，当班长徐嘉明穿过走廊，往高一B班的大门走去时，时钟才刚刚显示八点整。通常，他总是每天第一个来到教室的人，虽说他的早到不会有任何老师看见，但他仍然以此为荣。

他喜欢利用这段多出来的时间擦擦黑板、把课桌摆整齐，或者简单地扫扫地，让教室变得更加整洁，完成这一切后，他就会拿出几本晦涩的课外书来读读，又或者整理一下自己厚厚的课堂笔记。

但这天他刚踏进空荡荡的教室，随即就闻到一股淡淡的、奇怪的气味。

是发生火灾了？班长心想，但他环顾四周，并没有看见任何火源。何况这气味很淡很淡，绝对不是火灾所产生的那种呛人的烟味。

说不定是从远处飘来的吧，他只好这样想。

但当他收拾好教室后，气味仍未消失；于是他把头伸出教室外，吸了吸鼻子，却没有闻到任何气味，似乎气味的源头就在教室里面。

他四处查看着，连同学们的课桌和讲台抽屉都没有遗漏，却还是一无所获。

此时高一B班的同学们也开始陆续来了。

风扇上的"定时炸弹"

"哇,什么怪味?"有个同学一进教室便抱怨道。

"是谁在烧香?"另一个同学则说。

"我也不知道,我刚来就这样了。"班长徐嘉明摇着头说。

此时小岚、晓晴和晓星也踏进了教室。晓星一进来便像只狗般使劲嗅了几下,脸色大变,惊叫道:"着火了!大家快走!"

一边喊,他一边脱下自己一只鞋子,往走廊的火警警报器冲去。

晓晴伸出手来一把揪着他。

"这气味到底来自什么地方?"小岚自言自语着,四处张望。

教室里的同学议论纷纷,一些人则到处搜索着。

"是不是电线烧着了?"徐嘉明提出。

晓星听到后,把分布在教室里的电线扫视了一遍,最后他的视线停在天花板的一个吊扇上。教室里早就装了空调,但这些吊扇却一直没有拆掉,留在春末夏初的时候,扇出一些清凉。

"看,那是什么?"晓星举起手指着。

大家不约而同地往他所指的方向望去,只见在教室倒数第二个的吊扇扇叶上,有一个圆圆的、深绿色的突起物,

由于天花板上的吊扇本身也是深绿色的,所以这东西几乎和吊扇融为一体,如果不仔细观察的话,根本就不会发现。

"呃,一个气球?"有人喊道。

"一个绿色的气球。"晓晴绕到教室的另一边,在这个角度可以看得更清楚,"谁把这东西放在吊扇上?对了,那支粘在气球上的是什么东西?"

晓星走到晓晴身旁,抬头一看,顿时大吃一惊。

"所有人,立即离开!紧急疏散,快走,再迟就来不及了!"晓星像个警报器般嚷了起来。

周围同学不知发生了什么事,都愣愣地看着他。

"你又发什么神经?"晓晴敲了晓星脑袋一下。

"你不懂!那并不是一个普通的绿色气球。"晓星急得直跳,"你们仔细看,那形状,那颜色,那沉甸甸的感觉,气球里面分明是灌了绿色墨水!而那粘在气球上的东西是一支香,也是简单的定时装置。当香火烧到气球时,这气球就会爆了,你们想想接下来会发生什么事?这可是一个'墨水定时炸弹'啊!"

班里的同学们一听便慌了。虽说这"炸弹"并不致命,但大家当然不想弄得一身的墨汁,于是争先恐后地往教室外冲去。小岚没有走,所以晓晴、晓星很义气地留了下来。

风扇上的"定时炸弹"

"你好像很在行哦?"小岚盯着晓星。

"嘿嘿,因为这种装置我读小学时就会弄。"晓星有点得意的样子,拉了拉晓晴的袖子,"姐姐你记得我小学四年级那年被爸爸关小黑屋?就是因为我在教室里放了一个'墨水定时炸弹',把一个专门欺负女孩子的男同学淋成黑人。"

"臭小孩!"小岚笑骂了一句,然后望了望香的长度,"那支香至少还要一两分钟才会触到气球,赶快掐断它!"

"你想'拆弹'?"晓星惊呼,"虽然把香剪掉就可以了,但那气球被墨水撑得太薄了,极不稳定,只要操作上稍有差池……"

"事到如今也没办法了,不可以任由它爆炸,不可以让作案者得逞!"小岚说着将吊扇下面的座椅搭在课桌上,"我想,这肯定是'连环谋杀案'的第三宗案,跟教室砖块砸人案和茶水异味案一样是同一个人做的。"

小岚说完,把晓晴和晓星赶出教室。免得气球真的爆炸了弄他们一身墨水。

当程杰穿过围观人群,进入高一B班教室时,刚好看到小岚站在高处,努力地保持身体稳定,手上拿着一把圆头的安全剪刀,正准备去剪断那支香。

"我听到班里的人议论,说是B班又出事了,所以过来

73

看看。"程杰抬头看了看情况,"看来,第三宗案发生了。"

"没错。"小岚边说,边举着剪刀去够那支香。

程杰看见小岚踮着脚尖,却仍然够不着那支香。于是他叹了一口气,对小岚说:"还是让我来吧,我长得比你高。"

小岚没再坚持,迅速爬下来,把剪刀交给程杰。

"这下作案者的目的就达到了。"程杰一边爬上座椅,一边苦笑道,"作案者希望的就是把事情闹大,经过今天一役,相信全校都知道有人打算把高一B班的同学炸成斑点狗啦!"

"肯定的。"小岚帮忙扶着椅子,"不过好消息是,这给了我们更多的线索——你看这支香已经烧了大半,推算起码用了半个小时。现在是八点二十分,可以这样推理,作案者在七点四十分左右带着墨水气球进入学校,然后花了十分钟走到教室并把气球安置好。只要我们调查一下今天有谁是在这个时间点走进学校大门的,就可以知道作案者是谁了。"

"呃,我觉得不会这么顺利。"程杰一只手固定着吊扇,另一只手小心地剪着仍在燃烧的那支香。

"向看门的伯伯了解不就行了吗?"

"穿了校服的学生在别人眼中,都是一个样的……啊,好了!"程杰高兴地举着手中的小半截香,"'炸弹'成功拆除,现在只需要把……"

他的话才说到一半,毫无征兆,气球

学校的离奇事件

"砰"的一声爆炸了。

看来气球终究还是抗不住墨水的压力。

随着爆炸飞散开来的墨汁被溅得到处都是,小岚只觉得房间里仿佛在下着又黑又绿的小雨,于是下意识地用手遮住了眼睛。

当她再次把眼睛睁开时,只见以吊扇为中心的两三米范围内尽是墨点。抬头看去,爆炸时就站在"炸弹"下的程杰整张脸都是深绿色的,他已经被吓呆了,一动也不敢动,而他那洁白的校服现在看起来就像一幅后现代画作。

小岚目瞪口呆地盯了他几秒,终于毫无顾忌地大笑起来。

"有什么好笑的。"程杰终于开口了。

"哈哈哈,你简直就像只斑点狗。"小岚一笑起来就停不住了。

"五十步笑百步!"程杰也笑了,"找块镜子看看你自己,你就像刚掉进了泥潭!"

两人都被对方的狼狈相逗乐了。

"哈哈,唉,脸上的墨汁还好办,衣服上的污渍估计很难洗掉哩。"小岚有点懊恼地望着自己的裙子。

程杰踮着脚,伸手把"炸弹"的残余物拆了下来。

风扇上的"定时炸弹"

当他跳下来后,小岚凑了过去,仔细观察程杰手中的东西。

一张贴在两片胶带间的字条系在已经完全破掉的气球上,程杰用手指把上面的墨汁擦去,熟悉的句子赫然出现。

"幸好这不是真的炸弹。恭喜你们成为这宗谋杀案的受害者。凶手字。"小岚拨了拨头发,读道。

"可恶。"程杰有点恼怒地说,"我们不能让作案者再这样嚣张下去。"

小岚意识到他使用了"我们"这一个词——这说明程杰不知不觉间已经接受了小岚的介入,真心把她当成了自己同一战壕的战友,不禁嘴角往上翘了翘。

"你们没事吧?"此时晓晴和晓星跑进教室。

"怎么可能没事?"小岚撇了撇嘴,"我想我得请半天假回家换衣服,我可不想这样子继续上课。"

"对了,小岚姐姐……"只见晓星一副欲言又止的表情。

"什么事?"

"呃,这个……"晓星有点不自在的样子,"其实要对付'墨水定时炸弹'还有个更简单的方法:就是用大号的垃圾袋把炸弹包起来,那么爆炸的时候就不会把墨溅得到

处都是了。"

"那你怎么不早说!"小岚恨得牙痒痒。

"我一时紧张忘了啊!"晓星见小岚要冲过来揍他,连忙逃跑,却被堵在教室门口的同学们挡住,一时间钻不出去,"哇!你想干什么?不要哇!"

结果,晓星悲惨地被小岚抹了一脸的墨水。

第 7 章
怀旧金曲夜

对墨水炸弹案的勘查,跟之前的几件案子一样,小岚和程杰都是各自进行,看谁能最快破案。

果然像程杰说的那样,看门的伯伯根本没法说出案发当天早上七点四十分左右进入学校的有哪些学生,他只会盯着来人是否穿着该校校服,提防外校学生混进来,所以基本上是不看面孔的。小岚没办法,只好在同学中了解,让他们回忆一下,那天早上七点四十分左右到学校的有哪些同学。

因为墨水炸弹案搞到全校皆知,所以连之前发生过的教室砖块砸人案和茶水异味案也暴露出来了,大家都知道

有一个喜欢搞恶作剧的"连环杀手"隐藏在同学们之中,时刻伺机而动,寻找着下一个受害者。

这件事让同学们人心惶惶……嗯,不对,应该说大家都对此感到异常兴奋才对。因为这些"连环谋杀案"为他们沉闷的校园生活增添了大量的谈资,大部分人甚至是用看热闹的心态来等待下一件案件的发生。

转眼来到星期五,秋之枫中学的学生们即将迎来新学期的第一个周末。这天放学后,不知道是谁先提出的,高一年级的同学们突然决定举办一次集体活动,一起到铜锣湾某商场唱歌兼吃晚饭。

虽然大部分的同学不是要回家吃饭,就是已经约了其他人,但最终还是组成了一支二十多人的"唱歌团",浩浩荡荡地来到了目的地。小岚本来是不想来的,只是晓晴和晓星都表示出十二分的热情出席活动,软硬兼施、拉拉扯扯硬是把她拉上了"贼船"。

但小岚很快就后悔了。

因为人数众多,所以包下了全店里最大的房间。当众人七嘴八舌地点了餐后,就争相用遥控器点着歌,不同风格的伴唱音乐一首接一首地播放起来,从流行曲到摇滚乐、由 hip-hop 到 K-pop、由个人独唱到情歌对唱……震耳欲聋、没完没了。这还不算什么,最糟的是大部分唱歌的人一没技巧二没歌喉三没音准,简直是对别人耳朵的一场谋杀。

除了五音不全的歌声外,大笑聊天吹牛的声音也不绝于耳,混合起来就像数百只鸭子在同时怪叫。小岚真不明白,既然要聊天,为什么不找个安安静静的地方坐下慢慢聊,而要在这嘈杂的环境里拼命扯着嗓子喊?

她讨厌这个嘈杂的地方,而唯一能陪伴她的晓晴和晓星两人,却被一群同学拥戴着,手持麦克风,扯着喉咙唱着一首女子组合的歌曲。

小岚暗暗叹着气,拿起自己的饮料四处张望,想找个稍微安静点的位置躲躲。她无意中发现程杰独自一个人躲在角落里,盯着电视屏幕默不作声。

"干吗不跟大家一起唱歌?"小岚坐到程杰的旁边,问。

"你自己不也一样?"程杰仍旧盯着电视,"你又为什么不去凑热闹?"

"我讨厌嘈杂。"小岚回答,"而且我不常听流行歌曲。"

"我也不常听。"程杰回过头来,"应该说,我讨厌现在的流行歌曲,你知道,在这个年头,红的人都不懂得唱歌,懂得唱歌的人都不红。"

"哇,你似乎对此颇有心得呢!"

"只是有感而发而已。"程杰笑道,"我只是想说明自己为什么不喜欢现在的流行歌曲,我喜欢的歌都是'四大天王'那个年代的。"

"作为'四大天王'的粉丝,你会不会有点太年轻了?"

"好吧,我很老套,这就是你要表达的意思吗?"

"当然不是,"小岚忙道,"怎么你这人总是喜欢挑起争端?让别人对你产生敌意?你这种态度可结交不了什么朋友。"

"我的确没有朋友。"程杰冷淡地说。

"这个……"小岚这才感到自己的话过火了,随即道歉道,"对不起,我不是有意的。"

"没什么,我承认我并不是一个受欢迎的人。"程杰露出一副满不在乎的模样来,"同学们都讨厌我,你不在A班,所以你不知道。当然一部分是因为我喜欢查案,总是到处

怀旧金曲夜

揭别人的老底，所以招致怨恨；而另一部分原因，就是因为我的性格——我不懂得去讨好别人，也不够爽快，总是板着一副酷酷的臭脸，让人看着不愉快。所以在秋之枫中学读了几年书，我一个知心朋友也没有。"

这一刻，小岚突然觉得程杰有点惨。

"不过那没有什么大不了的。"程杰继续道，"对我来说，什么友情啊知己啦都不重要，重要的是实现我自己的梦想。"

"梦想？"小岚重复道。

"就是当个明

察秋毫的名侦探,这就是我的梦想。每勘破一宗案件,我就会感到莫名的满足,因为我向大家证明了自己的能力……啊不,应该说是我向自己证明了自己的能力。能实现这个梦想就足够了,除此之外,我不需要什么朋友。"

这下小岚终于知道,程杰为什么对自己的出现充满敌意了。对于他来说,让隐藏着的肇事者暴露在光天化日之下,就是他生活中最重要的事情,他能从中获得巨大的满足感,得到精神上的寄托。而小岚的到来,掩盖了他的光芒,分薄了他的成绩,甚至威胁到他在学校里的神探地位……

小岚之前可不知道,原来破案对程杰来说是很重要的。

"这个,给你。"小岚从背包里拿出一张 A4 纸。

"什么东西?"程杰奇怪地接了过来。

"是我目前调查到的有关墨水炸弹案的资料,希望对你有帮助。"

程杰看了她一眼,说:"谢了。我也有些进展,跟你交流一下。"

两人的交谈第一次这样和谐和愉快。

过了一会儿,喇叭里传来新的伴唱音乐,喧哗中的同学们听后都停了下来。

"这是什么歌啊?"有人喊道。

"从没听过……"

"怎么感觉上是几十年前的流行曲,到底是谁点的啊?"

"是我。"程杰停下跟小岚的交谈,举手道。

所有人的视线都"唰"地射了过来,盯着程杰看,似乎在观察什么怪物。要知道每次他们一起唱歌时,从不会有人点这种老掉牙的歌,对这些新时代青年来说,即使点唱的是两个月前的歌都已经过时了,何况是那么久远的。那时很可能自己还没出生吧!

好歌就是好歌,是不会随着岁月的流逝而失去魅力的,更何况比起现在那种快餐式的流行歌曲,老歌恐怕有意思得多。程杰很想说出以上的话,但想想反正也不会有人明白,所以他只是拿起桌子上的无线麦克风,随着音乐节奏唱了起来。

"晚风轻拂澎湖湾,白浪逐沙滩,没有椰林缀斜阳,只是一片海蓝蓝,坐在门前的矮墙上,一遍遍幻想,也是黄昏的沙滩上,有着脚印两对半。那是外婆拄着杖,将我手轻轻挽,踩着薄暮走向余晖,暖暖的澎湖湾,一个脚印是笑语一串……"

小岚知道这首歌名叫《外婆的澎湖湾》。这是妈妈非常喜欢的一首歌,小岚小时候常常听妈妈播放和哼唱。她惊

讶地看着唱得很投入的程杰，没想到他会喜欢这首老歌，而且唱得这么好，歌声出奇得清亮悦耳，咬字清晰，而且感情充沛，简直具备专业水平呢！

一曲唱毕，大家都不禁被程杰的歌声打动，鼓起掌来。

"真不错啊！"小岚拍了拍他的肩头，"我说你应该去参加歌唱比赛。"

"参加过的。"程杰皱着眉头，像是在回忆一件不开心的事，"只是唱了不到一分钟就被赶下台了。"

"啊，怎么可能？"小岚觉得不可思议。

"估计是评委嫌我唱的歌太旧了吧！"他笑道。

但没想到因为程杰的关系，接下来同学们都争相点唱起旧歌来，歌曲越点越旧，有人甚至连听也没听过的粤曲都点了，这天的活动迅速变成"怀旧金曲夜"，而小岚也被带动起来，唱了一首罗大佑的《童年》……

小岚想不到这晚会玩得这么开心。

第 8 章

又一名受害者

　　星期一，上学日。

　　秋之枫中学的小卖部比香港大部分便利店都要袖珍，又小又暗，占地仅十多平方米，瑟缩在学校操场的角落里，如果不仔细看的话，肯定会以为是间杂物房。在这里基本上买不到什么像样的东西——口感如纸皮的薯片、韧如橡筋的鱿鱼丝、入手即融的巧克力、没气泡的可乐……可以说，在这里唯一能下肚的，就只有三明治了。

　　并不是说这里的三明治特别好吃，其实也就跟一般三明治差不多味道。但它绝对是抢手货，来得晚点还不一定买得到呢！

学校的离奇事件

只因为大多数学生都喜欢睡懒觉，起床迟了往往来不及吃早餐，所以都喜欢到学校后，去小卖部买个暖乎乎的三明治来填肚子，免得饿一个上午。

承包这小卖部的一定是商界第一懒人，因为每天的三明治都是"限量供应"的，每天的供应量不会超过三十个。

因此，如果能在小卖部买到三明治，就会被视为幸运的象征；而据说如果连续五天都在这里买到三明治的话，再许个愿，这个愿望就会成真……好吧，那肯定是胡扯，但这从另一个角度反映了三明治的珍贵程度。

整整一个星期没有吃早餐后，晓晴今天终于忍不住了……

营养学家说过，为了节食不吃早餐，绝对是不健康的。这种说法现在也在晓晴身上应验了，今早上学的时候，晓晴只感到饿得发慌，甚至出现了幻觉，各种食物的幻影开始在眼前群魔乱舞……

于是晓晴一进学校便从小岚和晓星身边跑开，以百米飞人的气势冲过操场，来到小卖部前，举起手就对老板娘喊。

"麻烦你！一个三明治！"

"我要一个三明治！"没想到另一个女孩也在喊着同样的话。

晓晴扭头一看，赫然发现对方就是自己的邻桌——杨丽琪。

"是你。"这个红透半边天的歌手冷淡地说，"你怎么总是要跟我争？"

晓晴来到秋之枫中学的这一个多星期里，人气直线上升，完全盖过了杨丽琪的风头。但事实上，杨丽琪受到同学们冷落，却是她自己一手造成的——她耍大牌、拒人千里之外的行为，让大家都远远地躲着她。当然，杨丽琪对这些都并不了解，她只知道，当晓晴来到高一B班后，她就不再受到同学们的追捧了……

晓晴此刻只对她的话感到莫名其妙，反驳道："什么跟什么啊？什么叫总是跟你争？我今天才第一次在这里买三明治呢。何况，是我先来的！"

"我先来的，老板娘，先把三明治给我！"

"是我先来的！"

"不，是我先来的！"

小卖部的老板娘看看这个，又看看那个，为难半天终于指了指晓晴，说："其实呢，严格来说是这位同学先来的，尽管只是先来零点零五秒。"

"你偏心！"杨丽琪生气了，用手叉着腰，狠狠地瞅着

老板娘。

晓晴没好气地说:"唉,算了,谁先来又有什么关系?反正都可以买到三明治……"

"真不好意思,"老板娘忙道,"今天的三明治只剩下最后一份了……"

听到老板娘的话,杨丽琪马上掏出钱包,对老板娘说:"我出十倍的价钱,你把这最后一份三明治卖给我。"

"你怎么能这样做?太过分了,仗着自己有钱就胡作非为!"晓晴指责道。

"价高者得,又有什么问题?"

"呃,这个。"老板娘一阵犹豫,然后说,"这可不合规矩,不好意思了。"

说着,她把全店最后一份三明治交到了晓晴的手上。

"谢谢老板娘。"晓晴朝杨丽琪扮了个鬼脸,一脸得意地往学校大楼走去。

"可恶!你给我记着!"杨丽琪在她身后叫道。

发生在小卖部的闹剧似乎就这样落幕了。但接下来所发生的事,却让人始料不及……

晓晴回到教室,这时教室里人还不多,当她把书包和三明治随便地塞进课桌后,就拿起她的塑料水瓶,从后门离开了教室。每天早上，她都要到学校三楼的饮水机装水，这是她来到这学校后养成的习惯，在装水的同时，她还会和在场的同学们聊聊天，说说八卦，胡扯一通。

晓晴才刚离开，一个人便偷偷摸摸地接近晓晴的桌子……

在周末刚刚过去的第一天早上，教室里不多的同学大多都迷迷糊糊的，不是趴在桌子上打瞌睡，就是盯着黑板发呆，比较清醒的也在专心致志地看手机、吃早餐，根本就不会注意到其他人在干些什么。

一再确认没有人看见自己后，这个人伸出手，把晓晴的三明治从课桌里掏了出来……

做了些手脚后，这个人便悄悄地退场了，没有引起任何人的注意……

也就此时，杨丽琪从前门进入了教室。没滋没味地吃了几颗鱼丸后，此刻她仍然感到饥肠辘辘。都是那个周晓晴的错，她心里这样想，这个丫头先是和她争，争人气，现在又跟她争三明治，而且最气愤的是，每次都让她成功了。

一定得给她一个什么教训……带着这样的想法，杨丽琪绕过晓晴的课桌，坐回自己的座位上。

她一眼便看见放在晓晴课桌上的三明治。

她马上就皱起了眉头来。看来这个晓晴有意要激怒她，

她想，竟然把抢回来的三明治就这样放在自己的桌子上，连藏也不藏，这明显是要向她示威、炫耀嘛！

既然晓晴这样可恶，她也不打算客气下去了——她要晓晴为自己的行为付出代价。

于是杨丽琪伸出手来，拿起晓晴桌上的三明治，把它据为己有。而且，她打算现在就要把它吃掉，那么当晓晴回来时，想抢回也来不及了。

一边把三明治的包装纸打开，她还一边心想晓晴这次绝对是聪明过头，本来是想激怒她，没想到却把三明治拱手相让了，真是个笨蛋。

想着她便咬下一大口。

"啊！"

当尖叫声从教室的角落传出来时，正在闭目养神的小岚被吓得不轻，几乎整个人跳了起来。她睁大眼睛，搜索声音的来源，却看见教室另一边的杨丽琪正一只手捂着嘴巴，另一只手捂着喉咙，眼里充满了泪水，一脸痛苦的样子。

教室里的同学都关心地上前询问。只听见杨丽琪含糊不清地喊道："水……水……"

她满脸通红，用力地呼吸着，似乎透不过气来。班长徐嘉明捧着一瓶水跑了过去，把水递给她。

杨丽琪接过水,大口大口地喝下了半瓶,但脸色仍未好转。

"到底是怎么回事?"有同学问道。

"喉咙……好痛……"杨丽琪嘴里发出可怕的嘶哑的声音,眼泪哗哗直流。

小岚走到杨丽琪跟前,一眼看见那块吃了一口的三明治。她好像想到了什么,马上把三明治拿起来,仔细查看着。

"果然。"小岚自言自语道。

只见在三明治的包装纸里夹着一张小小的字条,上面写着:"幸好这不是真的毒药。恭喜你成为这宗谋杀案的受害者。凶手字。"

"连环谋杀案"第四宗"凶案"发生了,又多了一名受害者。

"啊……到底发生了什么事?"晓晴拿着水瓶从人群里钻了出来,看看杨丽琪,又看看小岚手上的三明治,"咦?我的三明治……"

"你的?"小岚连忙问道。

晓晴点了点头,然后把早上发生在小卖部的事情叙述了一遍。

"丽琪,这个三明治,是你从晓晴那里拿的吗?"小岚

望向杨丽琪。

只见她先是迟疑了一下,然后擦着眼泪,点了点头。

小岚小心地把三明治的面包片揭起,立即就有一股异常刺鼻的气味传了出来,她不禁把头往后缩了缩。

"好呛人的味道,如果我没弄错的话,是浓度很高的辣椒素。"小岚神情严肃地说,"高得足以让喉咙烧伤。"

"到底……这个……我不明白。这一切都是怎么回事?"晓晴感到莫名其妙。

"晓晴,这第四个受害者本来就是你啊。"小岚叹着气说,"在你离开的这段时间里,'凶手'避过大家的耳目,偷偷把辣椒素和纸条放进你的三明治里。但没想到杨丽琪拿来吃了,替你受了罪。"

杨丽琪想说些什么,但刚张口就痛得不得了,忍不住哭了起来。

"呜呜……我……我的……演唱会……"她边哭边断断续续地说。

"噢,天啊。"晓晴吃了一惊,"几天后就是……"

这时同学们都想起来了,就在这个周末,杨丽琪要首次在红馆举办她的个人演唱会。为了这一天,她不知道已经准备多久了。没想到在个唱举行的前几天,被歌手们视为命根子的喉咙竟受伤了……

杨丽琪此刻已经哭得不能自已了。她虽说也曾开过好几次演唱会,可是在红馆开个唱还是首次。站在星光熠熠的红馆舞台上,接受成千上万的歌迷欢呼,是她从小就一直梦想的事情。但现在很可能无法登台了,她感到十分绝望。

而更糟的是,周晓晴肯定会幸灾乐祸地讽刺自己一番,她肯定会大笑着说:"谁叫你吃我的三明治?哈哈,现在得到报应了吧,竟然自投罗网当了我的替死鬼,你这个笨蛋……"

没想到的是,晓晴的态度正好相反。

"丽琪,放心吧。"晓晴来到杨丽琪的身边,拍拍她的肩膀,"还有好几天,你的喉咙肯定会好起来的。"

杨丽琪抬起头来,不敢相信自己的耳朵。

"我……"她声音沙哑地吐出一个字。

"千万不要喝冰水,那会有反效果的。"晓晴接着说,"先喝点牛奶解解辣味吧,之后可能

要喝点咸柑橘水，可以治疗失声……啊不，还是先去看看医生比较好，把喉咙弄伤说不定会发炎，还是先听听医生怎么说。来，我带你去校医室。"

说着她向杨丽琪伸出手来。

杨丽琪对晓晴的态度感到难以置信——几分钟前，她们之间还充满了敌意，但意外发生后，晓晴不但没有落井下石，还主动安慰和帮助自己……

杨丽琪的眼睛又湿润了，不知道是因为喉咙刺痛，还是因为感动。

她站了起来，让晓晴扶着自己，离开教室，慢慢地往校医室走去。

"晓星，我们立即去高一Ａ班找程杰和李晓培。"小岚神情凝重地说，"我们不能再让这种事情发生下去了，必须马上把这个可恶的'凶手'揪出来！"

秋之枫"连环谋杀案"的调查小组在这天中午开了一个简单的会议。

会议在学校五楼的学生会专用会议室举行，和上次在比萨店开会相比，这次会议要专业得多，也严肃得多。当然了，发生在秋之枫中学的这系列恶作剧有越演越烈的倾向，由当初的"砖块"砸头，到现在用辣椒素来烧伤受害者的喉咙，性质已由恶作剧转为人身伤害，作案者的行为已经过火了，得马上制止。

"三明治里的的确是辣椒素。"李晓培望着手上的笔记说，"我找实验室的一位老师确认过了。防身用的胡椒喷雾也是用这种物质，它会刺激人的皮肤和黏膜组织，虽然一般来说不会对人造成永久伤害，但也能造成很大的痛苦。"

"而且作案者很可能害得杨丽琪失去个唱的机会呢！"晓星气愤地说。

"她的情况还好吗？"程杰问道。

"晓晴还在陪着她哩，医生给她开了一点抗生素，现在她的喉咙已没那么痛了。不过仍然声音嘶哑，接下来能不能在个唱开演前恢复，就只能听天由命了。"小岚皱着眉头说。

"这次作案者真是太大胆了，竟然就在我们眼皮底下犯案。"晓星捶着桌子，"真不敢相信，这个家伙竟然敢在众目睽睽之下，给姐姐的三明治里放入害人的东西。真是胆大包天！"

"我觉得这证明了作案者是高一B班的学生。"李晓培说。

"为什么这样说呢？"

"如果有一个陌生人走入教室，会很显眼的，肯定有人会注意到的。但如果是班里的人，大家就懒得去留意了。"

"这也不一定吧。"小岚想了想，"无论哪个班的人都是穿着相同的校服嘛，而且晓晴的座位在教室的最后面，而教室是有个后门的，只要大家不往后看的话，也不会注意到陌生人的存在。"

这时程杰清了清喉咙，说："不，我的意见和李晓培一样，作案者应该是高一B班内的人。你想想，作案者要把辣椒素放进三明治里，首先就要走到课桌前，把三明治取出，打开包装袋放进字条，再揭开面包倒进辣椒素，然后还要把包装纸仔细地按原样包上……这得花多少时间啊？首先在别人的座位上捣弄这些很可疑不说，如果万一周晓晴或杨丽琪回来了那就被当场抓住了，作案者绝不会冒险在别人的课桌前逗留那么久。我猜这人应是先把三明治拿到手，然后带回自己座位上，在课桌里把三明治拆包、放辣椒素，这时候即使有人注意到作案者的行为，也不会产生太大的怀疑；作案者弄好后，悄悄把三明治放回晓晴桌上就行，不会引起注意。"

"你说的也有道理。"小岚想了想说，"那我们就暂时假设，作案者就在高一B班里吧。"

"嗯,趁大家都在,报告一下美宝老师茶杯异味案的最新消息。"晓星扬着手中的笔记本,说,"经过各种明察暗访,排除掉没有可疑的同学后,高一B班的嫌疑人只剩下三个了。"

"是哪三个?"李晓培忙问。

"这三个人,在美宝老师的杯子被放入异物的那个时间段里,都是没有时间证人的。即是没有任何人和任何证据,能证明他们没有去过教师办公室,他们都有作案的可能。这三个人分别就是徐嘉明、杨丽琪和温学晴。"

当程杰听到最后一个人的名字时,眼睛突然一亮,他似乎认为谁是凶手这个问题的答案已经呼之欲出了。

"这三个人那时都到哪里去了?他们本人怎么说?"李晓培问。

"班长徐嘉明声称他在那天课间时,到二楼的杂物室去了,去复印文件。"

"很可疑嘛。"李晓培用手摸着下巴,"二楼的杂物室的确有复印机,但到一楼的复印室去不是更好吗?他为啥不到那里去?这说不定是托词,要知道,出事的教师办公室就在隔壁哦。"

"他说有一份学生名单要复印,而又怕一楼的复印室太

多人等候,所以他才会去了二楼的杂物室。"

"仍然是很可疑。那么第二个呢?"李晓培想了想,"杨丽琪,可以把她从嫌疑人名单里删掉了吧,她可是连环案中的最大受害者哩。"

"我们也不能忽略她。"晓星却说,"我们也不能排除她作案的可能,她的说法是,那天她肚子不舒服,所以整个课间都在洗手间里待着,但没有同学能证明这件事。而如果她就是'连环谋杀案'的主犯的话,她说不定会特意让自己成为受害者,以消除自己的嫌疑。何况,如果是她在吃三明治前把辣椒素加进去的话,那就可以解释为什么没人注意到'凶手'犯案了。"

"我觉得这样想是毫无必要的。"程杰这时说道,"难道为了消除她那点微不足道的嫌疑,就要冒险让自己失声?这可不像她。更何况,我们不是已经有一个现成的嫌疑人了吗?"

"你是说温学晴?"小岚瞪着眼睛。

"对,温学晴。"程杰认真地说,"你不认为她最有犯案的可能吗?"

"我想这不应该靠猜测吧,而是应该看事实和证据。"小岚呼了一口气,"我希望你不会对她产生偏见。"

"好吧，那我就先假定她是清白的。那她自己说课间时到哪里去了？"

"呃，"晓星望了望笔记本，"温学晴说她那时候到小卖部去了。不过……我们为此询问过小卖部的老板娘，她一口咬定那天课间没见过温学晴。"

小岚想了想，说："每天课间到小卖部去的人那么多，说不定是老板娘看漏了呢！"

"不，我肯定她那天课间没有到过小卖部。"程杰皱起眉头。

"你怎么知道？"

"案发当日的那个课间，我曾到高一B班找温学晴谈了一会儿……"程杰说。

"你找她谈什么？"晓星好奇地问道。

"谈话内容和案件没什么关系，还是别费口舌了。"程杰皱皱眉头，"找温学晴谈话后，我直至打上课铃为止，一直都待在高一B班里跟一个老同学聊天。期间我发现温学晴离开了教室一会儿，而回来时她手上并没有拿着任何食物或饮料——如果她真的是到小卖部去，为什么不买任何东西呢？"

"她离开了……多久？"小岚不禁问。

学校的离奇事件

"五分钟左右。"

"五分钟足够到美宝老师的办公室里做坏事了。"李晓培自言自语地说,"相反要到小卖部买东西的话,五分钟又太短。和其余两人比起来,温学晴的嫌疑真的很大。"

"但是……"小岚欲言又止。

小岚真的不希望温学晴是凶手,虽说这个女孩从开学至今,跟自己所说的话不超过十句,对自己也不怎么友善;但小岚知道她只是表面上很凶,内心还是挺善良的,似乎不会做出伤害别人的事情。

但不能否认,此刻她的嫌疑最大。

"温学晴是高一年级里有名的'问题学生',"程杰说,"喜欢跟同学们过不去,经常跟老师们顶嘴,作业又不交,一天到晚愤世嫉俗的样子。说不定她认为整个世界都对不起自己,所以通过各种恶作剧来报复……"

"这全都是你想象出来的吧!"小岚有点不高兴,"我看你已经完全把她当作作案者了,你这样想太武断了。你之前就一直针对她,上次晓晴的桌子被弄脏的时候,你不也是一口咬定说是她干的吗?结果很快就证明了她的清白。在那天课间的三个嫌疑人皆没有不在场证据,为什么你就只怀疑她呢?"

小岚说毕，程杰沉默了，而李晓培和晓星也是互相干瞪着眼不敢说话。

"小岚同学。"只见程杰把身体向前俯，"我承认那天太早下定论了，但我重申，我对她并没有任何偏见。你知道我那天为什么到B班找温学晴谈话吗？是为自己的错误判断而向她诚心道歉！我向她道了歉，而她虽然没说什么，但似乎也接受了。这证明我是针对证据的，而不是针对人。你刚才说我对她有偏见，但是你不是也对她有偏见吗？即使已经有一些明显的证据摆在面前，你还是认为她是无辜的。这不是偏见是什么呢？"

这下轮到小岚无话可说了。

"好吧。"终于小岚说道，"我承认，她的不在场证据最不可靠。"

"那么接下来……"程杰满意地点点头，"我们可分别请三个嫌疑人来谈话。我相信真正的作案者迟早会在细节上露出破绽……"

没想到此时大门外传来了几下敲门声，紧接着，门就被打开了。

说曹操，曹操就到。来人正是高一B班的班长徐嘉明。

"呃，我问过美宝老师，她说你们在会议室，于是就来

找你们了。"说着,徐嘉明有点儿不知所措地补充了一句,"你们正在忙吗?"

"不,我们正谈到你呢。"晓星露齿而笑。

"啊,真的吗?谈到我什么?"

"谈到要把你五花大绑带到这里来盘问,没想到你自己来了……"

晓星的话还没说完,就让小岚敲了一下头。

"你来找我们有什么事?"程杰说。

"这个……我不知道该怎么说,"徐嘉明一副神情闪烁的样子,"我当初有些东西没说,但我并不是不想说,而是不知道事情会闹得这么大,但我是真的看到了,所以就来……"

大家都被班长前言不搭后语的话弄得一头雾水。

"你到底看到了什么?"小岚直接发问。

"教师办公室的那个人。"徐嘉明组织了一下语言,又补充道,"我知道那天课间时,是谁进了美宝老师的办公室。"

第 9 章

"凶手"抓到了?

　　那是不可能的,小岚心想,徐嘉明一定是看错了。

　　接下来整个下午的课,小岚都不太专心,只想着中午班长徐嘉明的话。

　　那天课间时,徐嘉明独自跑到二楼的杂物室去,复印一份学生名单。事实上,杂物室就位于教师办公室的对面,是个不过十平方米的小房间,里面堆满了旧书籍、旧报纸、清洁用品、备用文具、过时的办公设备,甚至还有上个月动漫社团举办角色扮演活动后留下来的各种服饰。由于一些文具和印章都放在这个房间里,而且清洁大婶也经常来,所以这里并不会上锁,徐嘉明偶尔也会来使用这里一部旧

的复印机复印文件,不但不用排队,而且还不用花钱。

那天当他复印完毕后,正要离开,却透过杂物室大门的小窗户,看到对面教师办公室的大门突然被拉开了一半,一个人头从里面伸了出来,四处张望着……

杂物室门上的窗户很小,只有20厘米乘以20厘米,但窗外的东西还是看得很清楚。一开始徐嘉明还以为那是美宝老师,但美宝老师又怎会表现得如此鬼祟呢?仔细一看,那当然不是美宝老师,而是徐嘉明的一个同班同学。

那是温学晴。

当徐嘉明看到她时,她正在透过教师办公室的门缝向外张望。

但她并没有看杂物室,当她确认走廊两边都没人注意到她后,便从容地钻出教师办公室,装作什么都没发生过一样,离开了现场。

那个时候徐嘉明并没有怀疑什么,他以为温学晴只是去见美宝老师而已,但他始终忘不了她那鬼鬼祟祟的神情……直至墨水炸弹案发生后,有人在美宝老师茶杯里下"毒"的事情传开,他才想起这件事。

不过,尽管如此,徐嘉明还是没有把事情说出来。

他是一个与人为善的老好人,他怕因此冤枉了温学晴,

"凶手"抓到了？

毕竟又不是什么大不了的事，只是有人被纸制砖块砸了头、美宝老师茶里被放了怪味物品、高一 B 班受到了墨水攻击而已，小孩子般的恶作剧，根本就无伤大雅，干吗去告发一个很可能是无辜的同班同学呢？所以，他选择了沉默，直至三明治下毒案的发生。

事情发展至此，已经一发不可收拾。用辣椒素来烧伤别人的喉咙，这已经构成伤害罪了，何况受伤的人还是当红的女歌手，造成的影响就更恶劣了。

这件事必须有个了结，犯事的人必须受到惩罚，不能再当老好人了。所以徐嘉明把事情说了出来。

可是小岚仍不相信温学晴是作案者？真的是她？是她在美宝老师的茶里下"毒"吗？如果不是！那为什么她会偷偷摸摸地跑到教师办公室去？

当然，徐嘉明也可能在说谎。可能他才是进入教师办公室的人，可能他口中见到温学晴的事都是无中生有，他只是想转移大家的视线？

但这想法太没有说服力了。因为这个班长一向温和无害，对人友善，绝对不会做害人的事；而一直表现得像个恶霸的温学晴才像是个会搞恶作剧的人。虽说目前还没有物证，但如果现在就有一群陪审团来为此案作出判决的话，

几乎肯定会一致裁定温学晴有罪吧?

但不知为什么,潜意识里小岚总是觉得温学晴不是作案的人。

碰头会散了后,小岚就想找温学晴本人谈谈,看看她能不能为自己的行动作出合理的解释。但奇怪的是,温学晴自中午以后就没出现过,失去了踪影,没有来上课,也没有人知道她到哪里去了。

小岚望向旁边空空如也的桌子,不禁想象着各种可能性……

但她怎么都想不到,事情会急转直下。

放学的钟声刚刚响完,老师左脚才踏出教室,小岚的手机就响了起来。

来电的人是李晓培。只听见她完全掩饰不了自己的兴奋之情,用高了八度的声音对小岚说:"我想你最好来会议室一趟,她招认了。"

"招认了?"小岚一时之间反应不过来,"你在说谁?招认了什么?"

"温学晴已经招认了。"李晓培大声说,"就像程杰所猜测的那样,那些恶作剧都是她干的。"

"啊,真的?!"小岚有点不相信。

"当然是真的,她都亲口承认了。"李晓培笑道,"中午我们刚散会,程杰就决定把温学晴叫来查问。当我们说到,有人看见她从教师办公室里走出来时,她马上供认不讳,承认自己就是进行恶作剧的人,一连串的事件都是她一手做的。她平时也是喜欢惹事的人,早就不知道犯过多少规、记了多少小过了。这次她弄出这么严重的事情,我想她也不可能在这间学校待下去了……"

李晓培还在说话,小岚已经迫不及待地挂了电话,跑出教室,往五楼的会议室跑去。

她刚推开会议室的门,便迎面碰上了正要离开的温学晴。

"你……就是作案者?"小岚劈头便问道。

温学晴没有说话,只是盯着她点了点头。

只见坐在会议桌旁的程杰此时站了起来,说:"放心吧,我会向美宝老师求情的。最好的结果是,你私底下向受害者们道歉,而不在全校公开……"

"不!"没想到温学晴打断道,"就让大家知道吧,没有什么好隐瞒的,要记过就记过,要退学就退学,我一人做事一人当,愿意接受任何惩罚。"

"好吧,如果你希望的话。"程杰神色凝重地合上笔记本。

"究竟为什么要这样做?"小岚一脸严肃地问温学晴。

"没什么,我讨厌大家、大家也讨厌我,于是我就做了,而且这样做也很有趣。"温学晴有点不耐烦地跺了一下脚,"还有什么问题吗?没有问题的话,我要走了。"

说着,她便从小岚身边走过,离开会议室,并重重地关上了门。

一时间会议室里都没有人说话。

"四件案子全部水落石出,太好了!"李晓培满脸轻松,"没想到这么容易就解决了。"

对,太对了,小岚心想,解决得太容易了,容易得让人生疑。

"你们不觉得在这背后还有文章吗?"小岚突然道。

"我不明白你的意思。"程杰很不理解,"温学晴自己也说了,是她做的。难道这还有假的吗?"

"不,她不像作案者。"小岚边想边道,"你们想想,作案者在恶作剧时用了那么多的方法来掩饰自己的身份,如果作案者真的是温学晴,她又怎么可能会被你们一问就招认了?真正的作案者肯定会坚持自己是清白的,不会……"

"够了吧,小岚同学。"程杰叹了一口气,"不要再纠缠下去了,这都是你一厢情愿的想法而已。她认罪已是既定事实，案件也结束了。就这样。"

小岚一脸的不甘心："一直以来我破了无数案件，对于一个人到底正不正直、有没有罪，我都从没判断错误过；而这一次，我也绝对相信自己的判断，温学晴是无罪的！"

"如果你喜欢这样想的话……"程杰轻蔑地说。

但小岚没等他说完，就已经像一支箭似的冲出了会议室的大门。

小岚跑到教室，却找不到温学晴的踪影，看来她已经背上书包离开了。于是小岚迅速往楼下跑去，当她追到学校的篮球场时，温学晴已经快要走出学校大门了。

"等一等！温学晴，等一等！"小岚边喊边朝温学晴跑去。

温学晴转过身来，冷漠地看着小岚。

"有什么事就趁现在说吧，我想我明天应该不会回来了。"她紧皱着双眉说，"反正都要退学了，我也不想再回这间愚蠢的学校，见那些愚蠢的人。"

"温学晴。"小岚认真地盯着她的眼睛，"你明明没有干那些恶作剧，为什么要承认罪行？"

"我都说了，我就是……"

"那些都是胡扯。"小岚激动地说，"有没有做那些事，

你自己很清楚，骗得了程杰和李晓培，骗得了所有人，但骗不了我。"

温学晴咬着牙，一言不发。

"你根本就没有做，对不对？"小岚真诚地问。

"你不明白，你不明白。"温学晴重复道，"对，我的确什么都没有做，我说自己做过，那是瞎说的。那天我之所以跑到教师办公室去，只是为了把补做的作业偷偷放到老师桌子上，你知道，我那天早上没交作业，但后来后悔了，匆匆把几道选择题的答案填上，然后趁老师不在就送进去，仅此而已。至于那杯什么绿茶，我连碰都没碰过，更不会在里面放些什么怪东西了。"

"但你为什么把从没做过的事情揽到自己身上？"

"因为我想走，我想离开这儿，既然大家都那么讨厌我，那我就顺从大家的意思离开这里好了。如果我说这件事是我做的话，那就必定会被赶出校，那也省得我再想什么理由离开了。"

"为什么要这样想呢？并不是所有人都讨厌你啊。"小岚不解地说。

"不，我就知道大家都讨厌我，想我走。"温学晴愤愤不平地说，"依我看，这些什么恶作剧都是憎恨我的同学一

起捣鼓出来的，就是想把罪名推给我，让我难堪。好啊，既然大家都做得那么绝了，我也认命了，我离开就是。"

"你这样想太偏激了。"小岚摇了摇头，"怎么可能有人做出那些事情，只是为了让你走？或许有些人不喜欢你，但还不至于使这样的手段赶你走的。"

"他们就是恨我。"温学晴只是坚持道。

"好吧，至少我就不恨你。"小岚说。

温学晴怔住了，愣愣地盯着小岚，好一会儿，才浅浅地笑了一笑。

这是小岚第一次看见温学晴露出笑容。

小岚抓紧机会继续说："你没有做，就是没有做。如果你把所有事情都揽上身的话，即使离开了秋之枫中学，你的身上还是会有污点，从此人们都会以为你是一个以伤害别人为乐的坏蛋，你希望大家一直都戴着有色眼镜看你吗？"

"我不知道。"温学晴半转过身去，望着秋之枫校舍，校舍在夕阳的照射下仿佛披上了一层金黄色的薄纱，"但我已经向程杰承认了，即便我改口，他也肯定不会相信我。"

"没关系。我把真正的作案者揪出来之时，就是证明你清白之日！"小岚自信满满地说，"相信我吧，我说到做到。"

"小岚，你真好！"温学晴用感动的眼神看着小岚，又说，"嘿，你知道吗，一开始我很不喜欢你。"

"彼此彼此。"小岚则笑道。

温学晴盯了她一会儿，两人不约而同地哈哈大笑起来。

她们之间的各种误会和隔膜，也随着笑声而烟消云散了。

两人手拉手，走到篮球场的观众席坐了下来。温学晴把自己一直拒人千里之外的原因告诉了小岚。

温学晴生活在一个"草根家庭"，父母为了维持生计，每天早出晚归。因此，生活中的各种大小事情都是由她一手包办，煮饭、搞清洁、洗衣服……还要照顾只有六岁的弟弟，而星期六日爸妈休息在家时，她就出外做兼职，帮小学生补习功课，赚钱养家。这些都造就了她那异常独立、甚至有点儿彪悍的性格。

有这样的性格并无不妥，但因为这种性格，导致温学晴说起话来从不懂得绕弯子，总是直来直去的，不知不觉间得罪了很多人，也让自己跟所有人产生了距离；而且她也听不懂别人那些多姿多彩的话题，什么新手机啦、时装啦、化妆品啦、各种潮流玩意啦，就连娱乐新闻她也不常看，于是大家都嫌她落伍了，而将她排除在外。

本来温学晴对此并不介意，仍然对任何人都表现出友善的态度，可是发生在学校里的一件事却改变了她的看法。

这件事，发生在她之前就读的学校。在她的班里有一个男生，性情高傲、蛮横，喜欢欺凌弱小，总是仗着自己家里有钱，给些小恩小惠支使一些同学当"小弟"，帮他做功课、帮他买零食、帮他拿书包，甚至在考试时把答案给他抄……当时颇有正义感的温学晴，一直都对他的所作所为感到不满。有一次，这个男生因为嫌一个同学买来的零食不合心意，对那个同学大打出手，终于把温学晴给惹怒了。她冲上前护住同学，把那男生臭骂一顿，直接把他骂哭，就差没跪地求饶。

那次之后，那个男生就收敛了不少。温学晴还以为在她一骂之下，终于把这个人骂醒了。没想到一个月后的某个早上，她突然被班长带到班主任面前，在她还没搞清楚状况之前，就发现自己被指控偷窃同学的财物，这同学就是被她骂过的那个男生。那个男生投诉，说自己一只几千元的手表不见了，有同学告诉他是温学晴从他桌子上拿走了。温学晴自然坚称自己是清白的，还主动让老师搜查她书包，因为她根本就没有拿他任何东西。可是，出乎她的意料，班长竟在她的书包里找到了那只手表！

接下来的事情就别提有多可怕了。温学晴虽然据理力争,但无论是同学,还是老师,都认为就是她偷了手表。在温学晴父母多番低声下气的求情后,那盛气凌人的男生才装出一副宽宏大量的样子,答应不再追究。从此以后,同学们就更排挤温学晴了,甚至公开叫她"小偷",令她委屈又痛苦。

事情的真相,温学晴心里很明白,这是那男生报复,故意把手表放进她的书包里,栽赃嫁祸。而当时所谓看见温学晴偷东西的证人,正是那男生的其中一个"小弟"。只是人证物证之下,她即使有千张嘴,也无法证明自己清白。就这样,她无法在原校待下去了,才转校来到了秋之枫中学。

这已经是一年前的事了。经此一事,温学晴就不再相信别人了,时时刻刻摆出一副生人勿近的态度,宁愿孤独一点,也不结交朋友,免得受到伤害……

当温学晴说完这一切后,天已经有点黑了。温学晴望着天空那最后一抹晚霞,感叹着说:"那天周晓晴的课桌被弄脏,你帮我洗脱了罪名后,我就对你改观了。我想我欠你一个正式的感谢,无论是那次,还是今天这次——谢啦。"

"这是我应该做的啦,别谢我。"这下小岚不好意思起来了。

"我都开金口说谢谢了,你竟然不领情?你这家伙……"

"好好好,我接受你的谢意。"

"我不但要谢你,"温学晴微笑道,"我还要赞你——你是秋之枫中学最了不起的小神探,是全香港最好的小神探,是全世界最好的……这还不够,你想听听更浮夸的赞美吗?"

"还有比'全世界最好'更浮夸的吗?"小岚问。

"唉。"温学晴舒了一口气,看着小岚,"其实一点不浮夸,你值得更好的赞美。如果我早点认识你,那我的人生可能就不一样了。起码在我最初蒙冤受屈的时候,孤立无援的时候,有一个人信任我支持我,还我清白,我就不会像现在这样痛苦和孤独。"

"嘿,你这个家伙还挺多愁善感的,你的人生还长着呢!从现在起,告别过去,放眼将来,你会有一个多姿多彩的精彩人生的。"小岚笑着向温学晴伸出手,"来,就让我成为你第一个朋友吧!"

温学晴激动地伸出手,把小岚的手紧紧握住。小岚笑着说:"你会有很多很多朋友的。"

温学晴使劲"嗯"了一声。

第 10 章

这个姐姐是假的吗？

"喂，你会不会太迟了点。"当小岚去到西餐厅，在餐桌前坐下时，晓晴这样抱怨道。

"我跟温学晴说了一会儿话。"小岚解释了一句，然后拿起菜单看了起来。

小岚他们三个人老早就决定这天晚上到西餐厅吃饭了，小岚在学校大门口和温学晴分别后，十万火急地赶到说好的餐厅时，还是比约定时间迟了一点点。

"你和温学晴说话？"晓晴听后瞪大了眼睛，"听说她已承认了自己是连环案的作案者。她现在是个危险分子啊！"

晓星也说:"是呀是呀,小岚姐姐要小心。她没恼羞成怒,发疯咬你吧?"

"嘿!你们别这样贬损她。我跟她谈过了,其实她根本就跟那几件连环案无关,只是因为以前受过的一些不公平对待,令她破罐子破摔,赌气把所有事都揽到自己身上。"小岚一五一十,把温学晴的事全告诉了两个好朋友。

"哇,温学晴原来这么惨,我们以后要好好对她,帮她摆脱之前的心理阴影。"晓晴一脸的同情,"我明天就去找温学晴,跟她交朋友。"

"我也是我也是!"晓星举起手,"我要做温学晴的第三个朋友!我还要协助小岚姐姐,找出连环案的作案者,替温学晴洗脱嫌疑。"

晓晴又说:"我要帮温学晴融入同学圈子,帮助她找到更多朋友。"

晓星瞅瞅晓晴,小声对小岚说:"我发现姐姐最近变善良了。"

"喂,臭小孩!以为我听不见吗?你这样说什么意思?难道我以前很不善良?"晓晴凤眼圆睁。

"不是啦!我意思是,你以前已经很善良了,但最近就更善良。"晓星见姐姐发怒,马上说,"你对杨丽琪也很关心啊！"

"哼哼，我一直很善良的。"晓晴哼了哼，"何况杨丽琪是替我受的罪啊，如果不是她替我挡了一挡，现在失声的可是我哩……"

"说起来，她的情况怎么样了？"小岚问。

"还算好啦，刚刚她才打过电话给我，她已经可以勉强说话了。"晓晴叹着气说，"但她的声音在个唱前到底能恢复到什么程度，仍然是未知数。"

"老实说，只是场演唱会而已，延期不就好了嘛。"只见晓星摆出一副满不在乎的样子说。

"怎么延期？"晓晴喊道，"能在红馆排到演出期是非常不容易的，错过了这一次，下次就真的不知道要等到什么时候了。在红馆开个唱是杨丽琪自小的梦想，我真的不希望她的梦想就因为一个三明治而毁了。"

"呃！"晓星凑到小岚面前，"姐姐很少这样替人着想的，你说这个晓晴姐姐会不会是假冒的？"

"喂！我听得见的。"晓晴用力敲了晓星的头一下。

"哇，又敲我脑袋！真是晓晴姐姐本人呢！"晓星捂着头一脸痛苦。

"你姐姐跟杨丽琪成为朋友了，那你呢？"小岚问道，"你

和那个徐嘉明相处得怎样?"

"他除了偶尔骂我神经病,偶尔诅咒我,和多次求神拜佛要我在他面前消失之外……还相处得不错。"晓星看着菜单漫不经心地说。

"人家是个乖小孩,你别欺负人家。"小岚提醒道。

"嗯,我会的。我只会小小欺负一下。"说着晓星拿起菜单翻着,"好啦,我们不要再谈有的没的啦,快点餐,我已经饿得肚子咕咕叫了。我决定要这个鸡排套餐!而比奇则要一个法国杂菜沙拉……"

"呃,我说,你不会是把比奇带来了吧?"小岚这才发现了一些异样。

本来一直趴在晓星大腿上发呆的小猪比奇,听到小岚提它的名字,马上从桌子下伸出了鼻子,哼哼了两声表示回应。

"它当然也要来啊!它也想吃西餐对不对?对不对哦?"说着晓星把比奇抱到桌子上。

"这餐厅能把宠物带进来吗?"小岚惊讶地说。

晓星理直气壮地说:"我只听说过不能带狗,没说不能带猪。"

"也没说不能带大象哩,你怎么不带一头象进来。"晓晴没好气地反驳着，然后拍拍自己挑好的饭菜，"好啦，我已经决定了，就要这个猪排套餐，再要这个德国猪肉肠……"

话音未落，比奇"呜"的一声，往晓星怀里拱。

"喂！你啊，怎么能这么残忍。"晓星大声叫道。

"怎么啦？"晓晴奇怪地问。

"我不是讲过吗？比奇在的时候不能吃任何和猪有关的食物，就连提也不能提！"晓星心痛地摸着比奇的头，"你看，你把它吓坏了。"

"呜呜……"比奇眨巴着两只黑豆般的小眼睛，配合地做出一副"吓坏了"的样子。

"好啦好啦，我点其他菜就是。"晓晴大度地挥挥手。

"这还不够，"晓星说，"你还得向它道歉。"

"啊？"晓晴觉得自己快要疯了，"你要我向一只猪道歉？"

晓星非常非常认真地点了一下头："你不是说你一直都很善良的吗？善良人是不可以伤害一只猪

的心的。"

"呃！"晓晴无话可说，只好对比奇说，"对不起了，亲爱的比奇先生，我不该吃你的同类。"

"这还差不多。"晓星满意地说。

"好啦，比奇乖，"晓晴碰了碰比奇的鼻子，让它打了个喷嚏，"原谅我吧，我回家就给你吃青葡萄。"

"别乱喂东西给它吃哦，我们还不知道猪能不能吃葡萄呢。"晓星把比奇抱起来，"何况你给它青葡萄，它肯定是不会吃的。"

"为什么？"

"比奇最讨厌吃花生。而你知道猪其实是色盲吧，它可分不清青葡萄和花生的颜色，你喂它青葡萄的话，它肯定会以为那是花生呢。"

"胡扯，两种东西大小都不一样的，"晓晴说，"何况我只听说过狗是色盲，没听说过猪也是色盲啊……"

"我是在网上看的。"

"你不会相信网上所讲的东西吧？很多都是胡说八道。"

"是真的啦，"晓星说着望向小岚，"小岚姐姐，你知道最多了，你说猪是不是色盲？……嗯？小岚姐姐，你怎么了？"

只见小岚眨了两下眼睛,才回过神来:"啊?什么?"

"你刚才在发什么呆啊?"晓星好奇地问道。

"没什么,想到一些和案件有关的事情而已。"小岚说。

"还想什么啊,先填饱肚子再说吧。"晓晴在旁边喊,"我想这次事情闹得那么大,连环案的作案者肯定销声匿迹,不敢再犯了。"

但事实证明晓晴错了,因为就在这一刻,连环案又发生了。

第 11 章

被枪指着的班长

晚上七点半，班长徐嘉明仍然待在学校的自习室里。

每天在学校留到很晚，这已经成为他的习惯。由于秋之枫中学的自习室会开放至晚上八时，所以徐嘉明独自吃过晚饭后，就喜欢在这里做作业和预习一下课文，实在没事做的话，也会看看课外书……

和自己的家相比，他还是比较喜欢待在学校里——自小他父母的关系就不太好，经常吵架。他的父亲爱喝酒，经常喝得醉醺醺的；而母亲则爱和左邻右舍在家里打通宵麻将，打得昏天黑地。他们白天上班忙得不可开交，晚上一回家却又常因对方的坏习惯而互相责骂、恶言相向，不知不觉就忽略了他们唯一的儿子。

徐嘉明一直都很渴望能得到父母的注意,他希望父母能以自己为荣,所以他才不顾一切地努力读书,利用空余时间参加各种补习班、兴趣班、社会青年团体,恨不得把世间所有知识都一股脑儿装进脑子里,让自己更多才多艺,试图通过这些成就,来赢得父母的关注和赞赏。

但事实已经证明了,这些都没有用,当徐嘉明把满分成绩单放到父母面前时,他们连瞧一眼的兴趣都没有,仍醉心于他们各自沉迷的东西。所以,他对父母彻底失望,尽量减少在家的时间,放了学也不想回家,留在学校自习室里,在知识里寻找安慰。

在某程度上来说,书本就是他的朋友,知识就是他的精神寄托。

这刻,他已经把第二天的课全部预习了一遍。

当他放下课本时,却发现自习室里只剩下他一人了。这是必然的,只有测验或者大考试前夕,自习室里才会坐满焦虑的、临时抱佛脚的学生们;在平日,特别是刚开学的时候,自习室几乎是无人问津,即使是其他用功的学生,也绝不会在这里待超过一个小时。

徐嘉明倒是希望人越少越好,他试图说服自己——他

最喜欢的就是独处，他并不需要父母关心、也不需要朋友，只需要有一个安静的地方让他藏起来，还有无数书本让他沉醉其中，他就已经心满意足了。

不过此刻，他却一反常态地想早点离开，他不知道为什么总是有一种感觉，似乎有人在某个角落里正盯着他，让他感到浑身不舒服。自习室位于校舍的底层，窗外就是学校的小菜园，再远一点就是学校的后门。看书途中，他多次感到有人在监视自己，但当他站起来望向窗外时，却又没看见任何人。

身为红十字会青年团团员的他，本来在这晚八点半，要到学校附近一个活动中心进行急救训练的，所以他之前是打算在自习室待到八点整，再离开学校去参加活动。

此刻太阳已经下山，窗外完全一片漆黑，就连街上的路灯也显得特别黯淡。徐嘉明不禁感到有点害怕，于是连忙拿起书本，胡乱地往书包里塞，然后站起来往自习室的门口走去。

胆小鬼！他不禁骂自己。又没有做过亏心事，干吗要害怕？

不过他还是没有勇气留在这儿。他关灯、关门，然后沿着走廊往前走去。

被枪指着的班长

为了省电，走廊里的灯都已经关上了，走廊上昏暗无比，几乎连路也看不清。幸好徐嘉明对这条走廊非常熟悉，不知道都走过多少遍了，即使闭着眼睛也能走出去。再走三十步就到了走廊尽头，再往左转，走十步，就可以到达校舍的侧门了。

走廊尽头有一扇长方形的窗户，街灯那黯淡的光线正穿过窗户射进来，照亮了窗前的一片地面。

班长踱到窗前，自然而然地往左转去，就在这时……

一个人影出现在窗外。

刹那，徐嘉明的心提到了嗓子眼，他被吓得目瞪口呆。窗外的人举起一只手，手里还握着一支枪。对，一支枪，那支枪正指着自己胸膛。

相信没有人能在这情景下依然镇定，此刻徐嘉明吓得魂飞魄散，正待惊叫，突然感到胸前一凉——一股液体从对方手中的"枪"里喷了出来，不偏不倚地喷到了他的身上。

水枪！有人恶作剧！徐嘉明马上明白过来。

窗外人迅速地喷了几次后，收起手中的东西，转身便跑。

"喂，你别走，给我站住！"徐嘉明的恐惧已经完全转化成愤怒，连忙扑到窗前想捉住对方，但是那人已经跑远了。

窗户上装着结实的防盗窗，不然徐嘉明一定会跳到窗外继续追赶,但现在他只能眼睁睁地望着攻击自己的人消失在视线里。

借着微弱的街灯,徐嘉明气愤地发现自己的衣服被染上了一层深绿色,作案者水枪里应是掺了绿颜料的水。徐嘉明今天穿的是红十字会青年团的白色制服,现在已被染得一塌糊涂,这下子他无法去参加八点半的训练了。

徐嘉明生气地砸了砸墙壁,不经意望了窗台一眼,却发现一张字条被胶带纸贴在窗沿的下方,他伸手把字条撕了下来。

只见上面歪歪斜斜地写着一句话:

"幸好这只是水枪而不是真枪。恭喜你成为这宗谋杀案的受害者。凶手字。"

第二天一大早,小岚和程杰就被叫到了美宝老师的办公室里。在场的还有班长徐嘉明,只见他脸上明显有两个黑眼圈,看起来又累又困,仿佛一只营养不良的瘦熊猫。

"徐嘉明昨晚受到了'枪击'。"美宝老师刚说话就把两人吓了一跳。

看见小岚和程杰惊讶的样子后,她又连忙补充道:"但当然不是真枪,只是一支水枪而已。"

"呃,美宝老师,下次说话不要只说半截好吗?"小岚叹着气说。

"到底发生了什么事?"程杰则问道。

徐嘉明叹了一口气,说:"我在自习室温习功课到七点半,离开的时候有人用装满墨水的水枪弄脏了我的衣服,然后拔腿跑掉了,还留下这张字条。"

他把昨晚从窗沿上撕下来的字条递给两人看。

"第五宗'谋杀案'。"小岚说。

"第五宗?怎么会呢?"而程杰自言自语道,一脸疑惑的样子,"作案者明明已经承认了一切,为什么还……徐嘉明,你看见对方的样子了吗?"

"当然看见了。"没想到班长说,"那人就是温学晴!"

小岚猛地抬起头来,问道:"你肯定?"

"当然,"徐嘉明神情严肃,"只可能是她,我说出了她在办公室出现的事情,揭露了她一直以来的恶行,所以她便来报仇了。在自习室里我一直都感到有人在监视着我,原来那并不是错觉;温学晴一直都在自习室外守候着,等待机会,等我打算离开,到达走廊的转角处时,便隔着窗户用水枪攻击我!"

这不可能,小岚心想,温学晴不可能是作案者。

"事情发生在什么时候?"小岚问。

"大约在七点半左右。"

小岚努力地想着昨晚的情形。她和温学晴在六点半钟就分手了,各自回家去,而七点半正是她和晓晴、晓星在西餐厅吃饭的时刻。如果温学晴装作回家,中途又折返学校的话……

不,不会的。小岚提醒自己道。她必须无条件地相信,温学晴是无辜的。

徐嘉明一定是看错了。

"那个温学晴屡劝不改,实在是太过分了。"程杰轻轻摇着头说,"美宝老师,本来今早就想跟你说,昨天这个温学晴已经向我们承认,之前的一切恶作剧都是她干的。而决定性的证据就来自班长徐嘉明,他亲眼看见她在茶水异味案案发时从你的办公室里走出来!没想到她变本加厉,竟然为了报仇而袭击证人。"

"作案者就是温学晴?"美宝老师扶了扶眼镜。

"不是的。"小岚立即站出来道,"作案者不是温学晴。"

"小岚同学,拜托,她都自己承认了……"程杰瞪着她说。

"那只是她一时冲动,说了气话。"小岚打断了他的话,"我昨晚跟她谈了好久,她亲口跟我说了,她并没有做过那些事。"

"什么?!"程杰快要气疯了,"她说话不负责任、前后矛盾,这叫人怎么相信她?这个温学晴根本就是个骗子,你还认为她的话是真的?我再说一遍,她就是作案者,我们手上所有的证据都清清楚楚地证明了这一点,你为什么就是不信?而现在徐嘉明亲眼看见她向自己施袭,还有什么好怀疑的?小岚同学,我觉得你坚持她清白,只是为了证明自己先前的结论是对的。说不定,她反口说自己无辜,根本就是在你的暗示下说的。"

"你……"小岚被程杰的话激怒了,好不容易才按捺着自己不发脾气,"随便你怎么说。"

小岚不再理会程杰，转而问徐嘉明："班长，你说你看见朝你打枪的是温学晴，对不对？那时走廊里有灯光吗？"

徐嘉明摇了摇头。

"那么窗外有灯光吗？"小岚继续追问。

"有啊，从那窗户望出去，正好可以望见对面街的一盏街灯。"

"那就对了。"小岚信心十足地说，"请你想想，案件发生的时候，作案者是背对着光源的，而且是很微弱的光源，所以你根本不可能看清楚对方到底是什么人！"

"这个……"徐嘉明想了好一会，不得不承认道，"好吧，或许你是对的，我没有直接看见作案者的脸，但是我仍然肯定她就是温学晴，那个留着短发的女生……"

"但秋之枫中学有很多女孩都留着短发，对不对？"小岚提醒他。

"嗯……"徐嘉明不太肯定地说，"我不知道，但那明明是她……"

这时程杰插嘴道："即使班长没看清，也证明不了温学晴的清白啊。你别忘了，美宝老师的茶被下盐那天，他的确看见温学晴从办公室走出来。"

"不，她说当时只是把补做好的作业偷偷送去办公室而已！"

"这种解释谁都能说，根本说明不了什么。"程杰道。

"但是……"

"好吧，要知道温学晴昨晚有没有袭击班长，有一个很简单的方法。"这时美宝老师开口了，望望班长，又望望小岚和程杰，"我只要打电话问温学晴的父母，她昨晚七点半时在不在家就行了。"

大家听后都点头同意。

于是，美宝老师便立即拿出家长联络名单，拨了温学晴家长的电话。

电话很快就接通了，美宝老师闲聊几句后，就问出了那个关键的问题。

其他人都听不见话筒对面的话，美宝老师只是嗯了几声，又点了几下头，终于她在谢过温学晴的父母后，放下了话筒。

"怎样了？"三个人不约而同地问。

只见美宝老师有点抱歉地望了小岚一眼，然后说："她父母说，昨晚温学晴在七点钟左右打电话回家，说自己有点事情，不回家吃饭了。最后她差不多八点半才回到家中，而且没说自己干什么去了……"

小岚一听愣住了。昨晚她俩在学校大门分手时,温学晴明明说接着就回家吃饭的,为什么突然又不回去了?直到八点半才回到家里。这段时间她到底在干什么?

"这不就清楚了吗?"程杰摊着手说,"温学晴昨晚就潜伏在学校里,等待机会,趁班长要离开时,把颜料射在他的制服上,证据确凿。小岚同学,请问你还有什么要说?还想说她是无辜的吗?"

小岚看着程杰,若有所思。

"美宝老师,我提议今天放学把温学晴叫到会议室去,我们得尽快把事情弄清楚。"程杰说,"到时候,如果她对于自己的行踪,对于自己前后矛盾的话没有合理解释的话,我们就可以肯定她是作案者了。"

"好吧,就这样决定。连环案的事也真的不能再拖下去了。"美宝老师点着头说,"大家回去吧,快上课了。"

于是三人向老师道了别,转身往大门走去。

"等一等,小岚同学你能留下来吗?我有事情想跟你说。"美宝老师突然说道。

小岚迟疑了一下,便走了回去。

当背后的大门被轻轻关上后,小岚才问:"什么事,美宝老师?"

美宝老师拿出手帕，摘下厚厚的眼镜，边擦边说："小岚同学，听了这么多证词，也看了那么多证据，依我看来，温学晴犯事的可能性是最大的；但是，你却不断坚持她是清白的，即使有多少证据，你也毫不理会。我觉得在这件事上，你实在是有点主观……"

"对不起。"小岚连忙道歉，"我知道作为侦探不应该感情用事……"

"不不，为什么要道歉呢？"美宝老师微微一笑，"我还没说完哩。我觉得你的确有点主观，但这种主观却是好事啊。因为你会如此坚持，一定有你的理由，这些理由不一定能比得上真正的人证物证，但我想那绝对很有参考价值。"

"你真的这样想吗？"小岚的心情总算好了一点。

"对啊，你看，我觉得你和程杰是两种完全不同的侦探。他，讲求证据、讲求观察，通过各种蛛丝马迹把真相拼凑出来；而你，却讲求推理、重视感觉、相信人性，善于捕捉一些别人不注意的细节和灵感。或者，这就是传说中的第六感吧！虽然没有任何证据、任何理由，但有时人的这种感觉是很神奇的，更能接近真相的。你坚持相信温学晴是无罪的，我认为这必定有一些无法明说的道理存在。"

小岚笑了，连忙说："谢谢美宝老师对我的信任。"

"我也希望你能证明温学晴的清白。"美宝老师拿起杯子，"事实上，有时我宁愿这个作案者永远也找不着，因为无论是谁，一旦被揭发，这个学生的未来都会因此而蒙上阴影。但缺德的恶作剧必须停止，而我们也必须对那些受害的学生作出交代……"

说着她左手拿起杯子，右手捏住盖子上面那个小圆球，然后把盖子随手放在桌子上。

美宝老师的杯子是那种最常见的带盖单耳陶瓷杯，小岚注意到，老师揭开盖子后，不是像绝大多数人一样，为了卫生把杯盖翻转放在桌子上，而是捏住小圆球直接就放下的。这让小岚不禁沉思起来。

"老师，不好意思，我想先问你一个问题。"小岚说道。

"嗯？好的，你问吧。"

"你平时都这样放杯盖的吗？"

"哦……这个啊。"美宝老师有点奇怪地说，"很多人也这样问过我呢，'老师你为什么把杯盖这样放啊，反着放不是更卫生吗？'哈哈，老实说我也不知道为什么，我从小就这样放盖子的，父母也没有纠正过，于是就习惯成自然了，可能人的坏习惯就是这样来的吧。为什么突然提起这件事？"

"噢，没什么。"小岚说，但她的脑子此刻却全速运转了起来。

"那么放学后见吧！"美宝老师喝了一口茶，"我希望今天所有事情都可以水落石出。"

于是小岚站起来，和老师道了别，离开教师办公室。

中午时，小岚分别找了三个人，问了三个问题。

第一个问题是问温学晴的，她回答道："我为什么会迟回家？因为和你分别后，我接到一个神秘电话，是一个女孩子的声音，声称自己知道学校连环恶作剧的内幕，约我到学校附近那间便利店门口见面。但我等了半天都没有人来，我被捉弄了！"

第二个问题是问徐嘉明的，他说："你问我受袭时穿了什么？嗯，我穿了一整套红十字会青年团制服。我本来要去参加急救训练课程的，所以就把衣服带来了学校，晚自习前，我就穿上身了。真气人，现在还用漂白水漂着呢，那些绿色墨水很难洗干净。"

第三个问题是问晓晴的，她说："啊？你要我找近年香港新星歌唱大赛的资料？没问题，这种东西很好找，上网查查就知道，但是你为什么想知道这个？什么，和案件有

关？我才不信！不过请放心，对小岚你的吩咐，我理解会执行，不理解也会执行。你给我半小时……"

当小岚看完晓晴给她的资料后，已经明白事件的真相了。

接下来要做的，就是将作案者揪出来……

第12章

作案者就是你！

"今天我们来到这里的目的，相信大家都很清楚了。"明亮的会议室里，程杰坐在长方形会议桌的首席位置，一字一顿地宣布，"我们必须对秋之枫中学高一年级'连环谋杀案'作一个了结，就在这里，就是现在。"

坐在程杰左侧座位的，有小岚、李晓培、晓晴、晓星、杨丽琪、班长徐嘉明，还有班主任美宝老师。而在程杰的右侧座位，即小岚他们一行人对面的，则只有温学晴一个人。程杰说话时，温学晴仰头盯着天花板看，把说话的程杰当成空气，毫不理会。

"开学仅仅两个星期，学校里就连续发生了五宗缺德的

恶作剧,严重破坏了校园的秩序。"程杰继续道,"作案者每次进行恶作剧后,都会留下一张写着挑衅话语的字条,把恶作剧说成是'谋杀',行为恶劣,将自己的快乐建立在别人的痛苦之上,这种做法我们是绝对不能容忍的。而现在……"

说着程杰站了起来,慢慢绕过桌子,走到温学晴的旁边。"现在当我们调查过所有和案件有关的嫌疑人后,我们发现,她,温学晴是嫌疑名单上最可疑的一个人。"程杰目光锐利地看着温学晴,"你成绩一般、常欠交作业,无论对学校、老师,还是其他同学,你都总是抱着敌视的态度,和作案者毫不尊重别人的轻蔑态度不谋而合。同时,你的行为非常可疑,班长徐嘉明亲眼看见你在案发时,偷偷进过教师办公室,虽然你解释自己是要补交作业,但大家都知道你不爱学习,补交功课完全不像你这种人所做的事;另外,当初你进入办公室的事被揭穿后,你立即就承认了自己是所有恶作剧的作案者,但转眼间,你又突然否认了一切,声称自己是无辜的,证词前后矛盾,无法让人信服;最后,徐嘉明在告发你后,就突然被人用水枪袭击,很明显是针对个人的报复行为,而在案发的这段时间里,你完全没有可靠的不在场证据……每一个证据都对你非常不利,同时你也是唯一一个五宗案件都没有不在场证据的人。"

程杰死死盯着温学晴,而温学晴则还以挑衅的目光。

程杰突然把手指向温学晴:"是你趁假期时回到学校,躲过看门的校工,把纸做的'砖块'放在高一A班的门沿上;是你偷偷跑到美宝老师的办公室里,把大量的盐放进她的绿茶里;是你把装满墨水的气球藏在高一B班的吊扇上,试图弄脏教室和同学们的衣服;是你偷偷在周晓晴的三明治里放辣椒素,让杨丽琪失声;是你偷偷躲在学校里,趁徐嘉明经过走廊时把颜料射到他身上。温学晴,你承不承认?"

面对程杰一口气的质问,温学晴倔强地抬起头说:"我没有。你所说的事情,我一件也没做过!"

"是吗?"程杰不屑地说,"但所有的证据都指向你,你又怎么解释?是巧合?这世界不可能有如此之多的巧合,除非……"

"等等。"这时小岚高高地把手举了起来。

"小岚同学,我还没说完哩。"程杰皱着眉头说。

"不用说了。"小岚站了起来,"因为,我能证明那些恶作剧根本就不可能是温学晴干的!"

小岚这话一出口,大家都惊讶地把视线集中到她身上。

"小岚,请你说出理由。"美宝老师说。

程杰还想坚持,但看到大家都转移了注意力,也只好不作声,听小岚说些什么。

"首先,我能解释为什么所有的证据都指向了温学晴。"小岚看了看众人,"很简单,这不是巧合,而是刻意安排的——有人刻意留下假证据,让大家都怀疑温学晴!也就是说,作案者想让温学晴替自己顶罪,成为替罪羊。"

"但……你是怎么知道的呢?"李晓培连忙追问。

"因为,那些恶作剧,温学晴就算想做也做不到。"说着,小岚从自己的背包里拿出了一张 A4 大小的打印纸,"请让我做一个简单的实验来证明。"

说着小岚背对温学晴,把打印纸举到众人面前,问道:"请你们看看这是什么数字?先不用说出来,记在心里就行了。"

大家眯着眼看去,只见 A4 纸上有一个大圆圈,大圆圈里面充满了深浅不一的小圆点;大部分圆点都是黑白两色,只有一些红点组成了阿拉伯数字"2",一些绿点则组成了数字"6",两个数字合起来,就是"26"了。

确认大家都看过后,小岚转过身去,把 A4 纸上的内容亮给温学晴看。

"温学晴,你看看这是什么数字?"小岚问。

温学晴看了老半天。

"是'2'。"她不太确定地说。

"咦?不是'26'吗?"晓星望望大家,又望望温学晴,想知道自己是不是眼花看错了。

没想到大家都纷纷说那数字就是"26",证实晓星并没有那么快就变老花。

"可是奇怪了。"李晓培一脸疑惑,"为什么温学晴没有看见'6'?"

而美宝老师和徐嘉明已经知道是怎么回事,但因为牵涉别人隐私,所以没说话。

"为什么会这样呢?明明大家都看成是'26',为什么温学晴会看成是'2'呢?"小岚揭开谜底,"其实,印在A4纸上面的,就是石原氏色盲检测图,它能测试人们是否患有色盲或色弱。温学晴之所以看不见'6',是因为她患有一定程度的绿色盲!"

晓星和李晓培几个人都恍然大悟。

"事实上,我早就该发现了。"小岚有点懊恼地说,"晓晴曾不小心把深绿色的菠菜汁泼到温学晴的衣服上,学晴却形容那是'黑黑的'液体;当晓晴的桌子被绿色的污渍

弄脏时，她也曾说过那是'黑墨水'。这些都是很明显的提示。"

但徐嘉明却问道："但是，温学晴有色盲，和她能不能犯案有什么关系？"

"大家还记得第三宗案件吗？"小岚笑道。

"墨水炸弹案？"晓星问。

"对，作案者将一个灌了绿墨水的绿气球，藏在绿色吊扇扇页上面，还在上面粘了一支点燃了的香，试图在特定时间里把气球引爆，洒教室里的同学一身墨渍。作案者不希望教室里的人发现气球，所以才会用了跟吊扇颜色一模一样的绿气球和绿墨水。假设作案者是温学晴，她有绿色盲，绿色的东西在她眼里都是灰黑色的，所以她会把教室里的绿色吊扇看成是灰黑色吊扇。这样的话，她去买气球时，绝不会买绿气球而会买灰黑色气球；她去文具店买墨水时，也一定会找瓶子上写着'灰黑色'字样的墨水，而不是写有'绿色'字样的墨水。如此推断，制作墨水炸弹的人，一定不是温学晴，而是另外一名没有色盲的人。"

"有道理！"徐嘉明脱口而出，"真正的作案者却不知道这点，本想把事情推到温学晴身上，但千算万算，这人却没算到温学晴是个有'绿色盲'的人。"

美宝老师赞许地望了小岚一眼,然后望向温学晴:"看来是我们错怪你了。我代表所有怀疑过你的人,向你致以真诚的歉意。"

"我都说了嘛,我是无辜的。"温学晴一脸的憋屈。

"好了,那么真正的作案者到底是谁?"美宝老师追问小岚,"你知道吗?"

小岚刚想说话,程杰却率先发言了。

"等等。"程杰望着大家说,"实际上,我知道谁是作案者。"

"是吗?"晓星怀疑道,"貌似刚刚你才非常肯定地说温学晴是作案者哩!"

只见程杰低着头,长长地呼了一口气。

"如果小岚同学刚才能让我讲下去的话,你们就会知道,我其实也得出了温学晴无辜的结论。"程杰说到这里,晓星小声吐了句"马后炮",但程杰并没有理他,"事实上,当我今天中午跑到高一B班,详细地询问温学晴昨晚的事后,我就已经感到事有蹊跷——温学晴说,她昨晚快回到家时,突然收到一个神秘的电话,一个女孩子声称知道和案件有关的内幕,并要求温学晴到学校附近的便利店和她见面。当然,那个女孩并没有来。我想,这个女孩就是真正的作

案者，就是她用水枪攻击了徐嘉明，就是她制造了那些恶作剧，而且把罪名全部推到温学晴的身上！"

"那你知道这个人是谁吗？"温学晴连忙问。

程杰点了点头。

"后来我用了整个下午的时间来调查，掌握了一点证据，而当我知道作案者的真正身份时，我真的很伤心。"他咬着牙说，"我感到难以置信。我不敢相信，作案者竟然是我如此信任、如此欣赏的一个人。一直以来，她在案件中帮了我不少忙，向我提供大量的证据；但想不到，原来她根本就一直在误导我，引导我向错误的方向调查！这个人……这个作案者……"

说着程杰紧紧地盯着李晓培。

"作案者就是你。"他镇静地说。

只见李晓培的眼睛瞪得老大，半天说不出一句话来。

"我……"最后她笑了起来，"我是凶手？我是凶手？程杰，不要在这种认真的场合开玩笑，认真一点！"

"我没有开玩笑。"程杰面无表情地说，走上前去，"因为我知道，昨晚用水枪攻击徐嘉明的就是你。"

"这个……不，我怎么会那样做呢？"只见李晓培站了起来，后退了两步。

作案者就是你!

程杰扭头看着徐嘉明:"徐嘉明,请你形容一下昨晚袭击你的人的样子。"

"呃,"徐嘉明努力回想着,"那是个理着短发的女孩……"

"那就对了。"程杰举手示意大家望向温学晴,"李晓培的头发跟温学晴的头发长短差不多,所以之前徐嘉明把她误认作温学晴。"

"不!那不是我!"李晓培慌了,"高一年级有这么多短头发的女孩,为什么只怀疑我一个人呢?"

"因为……"说着,程杰从口袋中拿出一件物件,"我有证据。"

"我的手机?"李晓培望着他手上的东西。

"这手机是我刚才从你的课桌上拿来的。"程杰说着在手机上点了几下,最后把画面递到大家面前,"电话记录里清清楚楚地写着,昨晚七点左右,你打了一个电话给温学晴!昨天晚上,那个用电话把温学晴骗出来的女

孩，其实就是你。"

"但我的电话明明昨天就不见了！"李晓培替自己辩护道，"我放学的时候根本就找不着……"

"别说谎了。"程杰皱着眉说，"那个电话就是你打的。"

李晓培呆呆地望着程杰，沉默良久。

"我，我明白了……"只听见她小声说，"对，是我干的。"

"晓培同学，真的是你？"美宝老师难以置信地说。

"对，的确是我干的。"李晓培的眼泪沿着面颊流了下来，"我……我真的很讨厌那个温学晴。我一心要赶走她，所以我就制造了那么多的恶作剧，然后留下大量对她不利的证据，只要……只要大家以为她是作案者，那么她就不能再在这儿待下去了。我……"

说着她把脸埋在手里，痛哭起来。

"等等！"突然小岚激动地跑上前去，"你没必要这样做。"

李晓培抬头望着她，一脸惊讶。

"为什么要承担这个罪名？"小岚追问，"为什么要让真正的作案者逍遥法外？你明明知道自己是无辜的啊！"

这话可把在场的人都搞糊涂了。

"我不知道你在说什么，"李晓培迟疑半刻，然后用力地摇了摇头,"我就是作案者,手机里有我的通话记录,这不就是证据吗?"

"不!"小岚高声喊道,把李晓培吓了一大跳,"你绝对不可能是作案者。"

"小岚,"晓晴连忙扯了扯她的衣角,"到底发生了什么事?"

小岚没回答,只是转身问徐嘉明:"徐嘉明,昨晚袭击你的人有多高?"

"呃,我想,应该和我差不多吧,"班长想了想又补充道,"我1米81。"

"这就是为什么,你会有那人是温学晴的感觉。"小岚说,"即使在男生中,班长你也算是高个子,但袭击你的人竟然和你一样高,在整个高一年级的女孩子中,恐怕只有温学晴才有这样的高度。所以尽管你没有看见对方的样子,仍然想当然认为那人就是温学晴。"

小岚又看向李晓培:"你多高?"

李晓培愣了愣,好一会儿不敢回答。

即使她不说,大家也看得出来。李晓培的身高至多1米65,足足比徐嘉明矮了一个头。

"如果在窗外袭击你的人是李晓培,你觉得可能吗?"

小岚转向徐嘉明。

班长盯着李晓培,露出一副难以理解的表情,说:"完全不像,高度差太远了。刚才我怎么没想到这一点呢?"

"在窗外袭击徐嘉明的人,绝对不是李晓培,而是另有其人。"小岚说。

"但是我不明白,"晓晴奇怪地说,"李晓培刚才明明就已经承认……"

"她只是想保护真正的作案者。而事实上,作案者的真正身份,李晓培也是刚刚才领悟出来。"小岚顿了一顿,"我们一直都认为袭击班长的是女孩,但这仅仅是从发型所得出来的结论,事实上除了温学晴之外,高一年级里就没有其他女生长得这么高了,但是……如果那是男生呢?一个戴着假发的男生?"

小岚望向程杰。

"你多高?"她问。

"1米82。"程杰爽快地回答。

"和徐嘉明差不多嘛。"小岚笑笑说。

"你是在暗示,我就是袭击他的人?"程杰挑了挑眉毛。

"正是。"小岚毫不犹豫地说。

程杰哼了一声:"证据?"

"你的一句话。"小岚回答,"一句不小心说出来的话。"

"哪一句?"程杰惊讶地看着小岚。

"'制服。'今天早上在教师办公室里,你说了'制服'这两个字。当时你说——温学晴潜伏在学校里,趁班长要离开时,把颜料射在他的'制服'上。"小岚盯着程杰。

"我也听见了。"徐嘉明举手道。

"那又怎么样?"只见程杰边说边踱着脚,然后又看了看表,很不自在。

"那就非常有趣了。"小岚说,"你说了'制服',制服是什么意思呢?虽说校服也是制服的一种,但通常情况下,大家都会管校服叫'校服'的。如果是制服的话,有很多可能性:警察制服、消防员制服、保安制服……还有,红十字会青年团制服。经我调查所得,徐嘉明昨晚的确穿着一套制服,但我记得在早上,他并没有刻意提到自己穿着的是什么衣服,他只是说自己的'衣服'被弄脏了……"

"他有提到'制服'啊。"程杰辩解道。

"我之前一直没有特别提到穿的是什么。因为我觉得这不重要。只是后来小岚单独问我时,我才跟她说了穿的是红十字会青年团的白色制服。"班长强调,他似乎已经意识到什么了。

"是的,我也记得他没有提过。"美宝老师也说。

"好吧,程杰。"小岚走上前去,"作为一个侦探,你肯定知道,事到如今你已经无法再狡辩了。如果徐嘉明从没当众提起过自己昨晚穿了什么服装,你又为什么知道他穿的是制服呢?除非……"

程杰笑着插嘴道:"除非我就是袭击班长的人。"

第13章

梦想与复仇

会议室内一片寂静。

"那……你算是承认了?"终于小岚道。

"我可什么都没认。"程杰笑了,表情看起来甚至有点儿轻松,"我有沉默的权利,不是吗?何况,每到这个关键时刻,当然要由侦探出马,抽丝剥茧,一步步叙述作案者的犯案过程,说得他心服口服;如果你想我认罪的话,请解答以下这个问题……你知道,在第二宗案件中,我可是有不在场证据的哦!那天美宝老师的茶被下'毒'的时候,刚打下课铃,我就跑到高一B班里跟一个旧同学聊天,而且一直都待在那里,直至上课。如果你不信的话,大可找

那个人来问问。如果我整个课间都在教室，又怎么可能分身到教师办公室下'毒'？"

小岚点点头："这的确是个无懈可击的不在场证据，这让我们对你没有半点怀疑。的确，在那天早上的课间，你根本就不可能犯案，而事实上你那时也没有踏进办公室半步……"

"一定是有同犯！"晓星双手一拍，叫道。

"你的助手经常这样打岔吗？"程杰向小岚问道。

"是啊，很烦对不对？"小岚则说。

"拜托！除了同犯还有什么可能。"晓星抗议道。

"还有另一个可能，"小岚举起一只手指，"如果作案者下'毒'的时间并不是在那天的课间的话，那么不在场证据就不能成立了。"

"佩服。"程杰轻轻拍了拍手。

"但是……"美宝老师犹豫了一会儿才说，"如果作案者不是在那个课间作案，又是在什么时候？"

"在课间前，比如说早会的时候。"小岚回答道。

"那不可能。"美宝老师摇了摇头，"你是说作案者是课间休息之前来下'毒'？绝对不会。因为我课间回来后，把杯子仔细地洗过才泡茶的，而且泡了茶后我还喝了几口，一点事没有，茶挺香的。"

"因为，"小岚微笑道，"程杰根本就没有把'毒'放在杯子里，而是放在你的杯盖里！"

"杯盖？"美宝老师疑惑地问。

"没错，美宝老师的杯子是有盖子的陶瓷杯，这种杯的盖子通常有个弧度。程杰趁你不在时，把一块由盐和蜜蜡这类物质混合而成的东西，放在你的杯盖里面……噢，当然里面还塞了张小字条。由于老师你习惯把杯盖直接放在桌上，而不是像大多数人一样，怕杯盖沾了灰尘，翻转后才放在桌子上，所以你没有发现杯盖的内里有东西。当你把盖子放在桌上，去洗了杯子，泡了茶，还喝了几口，这期间你一直没有盖盖子，所以茶是没问题的。直到你离开办公室去小卖部买早餐时才把杯盖盖上。你去小卖部买东西这段时间，那块盐蜡混合物由于蒸气而掉进水中融化，于是你回来后就喝到了那怪异的茶水……这个有趣的定时装置，让我们完全搞错了案发时间，给了你所谓的不在场证据。程杰，我说的对不对？"

"没错。不过，如何作案还是很容易，难的是，我如何让你们对温学晴产生怀疑？要知道她去补交作业这件事，不是我能控制的哦。"程杰这刻的语气仿佛在讨论一件与自

己无关的案件，根本就不像一个作案者在替自己辩白。

"一开始，你就执意让温学晴卷入这场案件中，她一直都是你整个计划的一部分——而且是非常重要的一部分。如果你无法控制温学晴，计划就可能会失败。而你所用的武器，就是'心理学'，你运用各种各样的小技巧来影响别人的心理，从而让别人做出对你有利的行为……"小岚娓娓而谈。

"哇！还有这么厉害的事情？"晓晴惊叫，"还能控制别人的意识？"

"没这么夸张啦！"程杰有点小得意，"只是利用了别人的心理而已。"

"事实上在晓晴的桌子被弄脏的事件中，你就已经运用了这种心理学技巧。"小岚接着说，"你其实一早就推理出污迹是杨丽琪弄出来的，但你却转而指控温学晴——你知道杨丽琪当时的心理是矛盾的，一方面她不想无关的人被误会，但一方面她也不想自己被人指责。你肯定杨丽琪不会出来澄清，也肯定同学们不会相信温学晴的辩解，因此才肆无忌惮地对她提出指控。如果让你成功的话，那么当下一次事件发生时，她的嫌疑就更大了……"

"幸好有明察秋毫的少女神探马小岚啊。"程杰的话不知是赞美还是讥讽。

"而在绿茶被下'毒'的那天课间，你刚打下课铃就跑到高一B班找温学晴，你声称自己是为了前一天指控她的事向她道歉，但我想，你还说了点其他东西吧。你肯定苦口婆心地对她说了一些学习上的事，并希望她就当为了自己的家人，不要再欠交作业了之类的话。你知道温学晴表面上很固执，但始终很爱父母，听见这样的话，一定会连忙补做当天的几道简单的选择题，再偷偷放到教师办公室里！"

"当然，她可能不一定会补做作业，偷放作业时也不一定会让人看见，但我还是赌了一把，而且成功了。"程杰补充道。

"最后，你在心理上玩的最大把戏，就是逼温学晴亲口承认她从没犯过的罪。"小岚严肃地说，"你其实早就看透了温学晴的性格，你可能甚至知道她在旧学校里的遭遇，知道她最害怕的就是别人对她不信任。因为在之前就读的那间学校里，她否认那些无理的指控，据理力争，最后自己受到的伤害却更深了，因此你推断，当她知道自己又再遭受怀疑后，很有可能不再为自己辩护，而是干脆承认一切，以避免遭受更深的伤害，然后又再转校逃避。如果温学晴

真的承担罪名,离开秋之枫中学,那么大家就自然会以为作案者已经找到,绝对不会怀疑到你的头上。当然,逼走温学晴的时机是非常重要的,你本来计划制造四宗恶作剧,即使有人早就看见温学晴偷进教师办公室,你也会留待到四宗恶作剧都发生后才会找她谈话,'揭穿'她。"

程杰突然用力拍起了手来。

"说得对,太对了。你真是分析得头头是道,让我这个案件主谋也不禁肃然起敬啊。可是……"说着他语气一变,"那么,重点来了,我的动机是什么呢?你猜到我为什么干出这一切来吗?我不相信你连这个也可以推断出来……"

"事实上……"小岚点了点头,"我知道。"

"那是为什么?"程杰望着她。

"是复仇。"小岚简单地说,"你的动机就是为梦想而复仇。"

程杰呆住了。

"连环案发生后,杨丽琪受到的伤害是实质性的,嗓子烧坏了,演唱会很可能无法如期进行,梦想不能成真,还很可能因退票引来观众不满、被传媒抹黑、名声受损……而其他的受害人都只是被捉弄了一下,没有造成伤害。所以我觉得,作案者的目的在杨丽琪,其他人只是个障眼法,混淆视线。是谁这么恨杨丽琪呢？是谁可以这样深谋远虑一次次布局，就为了最终坑害杨丽琪呢？"小岚说道，"即使我怀疑你是作案者后，我也猜不透到底你的动机是什么。后来我记起了你那次唱歌时的情形。那天你唱歌的表现有目共睹，你有非常好的歌喉，也有极佳的演唱技巧，还有潇洒自如的台风，那绝不是一个业余爱好者可以做得到的，肯定曾经长期努力地训练过，才可能有这样的成绩。这需要投入很大的热情，占去很多的时间，因此我不相信你唱歌仅仅是为了兴趣，你肯定会希望成为一个真正的歌手。你当时说起曾经参加过歌唱大赛，只是因为演唱的歌曲老旧，被淘汰了。那时你想努力表现得对此并不在乎，但我却看到了隐藏的不甘，还有一丝恨意。你是真的不介意吗？还只是把不满藏在心里而已？你不知不觉地暴露了自己的真实感受。于是我让晓晴去查，到底是什么原因落败的，让你败走的是哪个评判……"

小岚从口袋中拿出一张打印纸。

"晓晴把不久前那场香港新星歌唱大赛的初赛名单找了出来，其中在新界西区的选拔赛中有你的名字，但资料显示，由于被此区的特约评判淘汰，所以并没有进入总决赛……那么这个特约评判到底是谁呢？"

小岚指着打印纸上的一个名字："就是杨丽琪。"

一直因喉咙痛而沉默着的杨丽琪，此刻瞪大了眼睛。

"难道……"她望向对面的程杰，仔细地辨认着，"你……你就是那个……被我赶下台的人？"

只见程杰的胸口开始不停起伏着，显得十分激动。

"看来你已经完全把我忘掉了，大小姐。"他咬牙切齿地说，"我们在同一个年级这么长时间，你都没有把我认出来——当然了，对于你来说，那不过是一个因为唱了一首老套旧歌而被你踢下台去的小人物，根本就不值得你大歌星记在心上。但是……但是你知道吗？就因为你的不公平公正，你的不负责任，让我从小到大的梦想完全破灭了！"

"这……我……"杨丽琪吓了一大跳，往后一缩。晓晴马上把手放到她的肩膀上，她才镇静下来。

"我想大家现在都猜到了。"小岚接着说，"在第四宗案件中，作案者的目标本来就是杨丽琪——表面上看起来，作案者想对付的人是周晓晴，只是杨丽琪意外把她的三明治吃了，才会成了受害者。但实际上，这全都是假象！程杰你一早就想用三明治来让杨丽琪失声。你知道她有在小卖部买早餐的习惯，也知道她买了早餐回教室后，会再离开教室去打水。那天你一早在小卖部买了份三明治，预先

放进大量的辣椒素和一张字条，打算趁杨丽琪出去打水时把她放在桌上的三明治换掉……但是，那天早上你发现杨丽琪跟晓晴争买同一份三明治，结果晓晴赢了。你看着晓晴拿了三明治兴高采烈回到课室，然后拿了水瓶去装水；而又看到杨丽琪因买不到早餐一肚子气，慢吞吞向教室走来。于是你灵光一闪，决定按原计划进行，用早已准备好的三明治，换走了晓晴的三明治。因为你了解杨丽琪的心理，当她回来看见桌上的三明治，一定会以为晓晴在炫耀，会一气之下把她的三明治吃掉……结果，你成功了。"

"天啊！程杰你为什么这么狠？"这时晓晴发话了，"就为了那么一个小小的歌唱比赛，搞那么多事值得吗？"

"你不明白我的心情！"程杰生气地喊道，"你们全都不明白！不明白这对我的影响有多大。我之前说想当一个名侦探，其实做侦探并不是我的最大理想，自小……自小我就希望成为一个歌手，不是为名、不是为利，只是为了能站在舞台上，用歌声去感动别人。小时候……父亲收藏了好些旧唱片，我都听了，你知道吗？那些七八十年代的老歌感情真挚、歌词朴实，可比现在那些毫无感情、无病呻吟的流行歌曲好上万倍！老歌手们的歌声触动了我的心灵，于是我发誓，我一定要做个歌手，同样用歌声去感动别人。但是,当我把这个梦想告诉父母时,他们都不支持我,他们自然希望我专心学习,考上好的大学,将来做个律师或者医生之类的专业人士,而不是一个吃青春饭的艺人——为了这一点,我不知道跟他们闹过多少次不快了。我报名参加香港新星歌唱大赛,但选拔赛举办的日子好巧不巧在星期五,所以我一狠心,就假冒父亲打了个电话跟学校请假;当然,我的行为很快就被父母发现了,他们狠狠地把我骂了一顿,并禁止我参加这场比赛。我不甘心,于是星期五那天装作上学,实际去了参加比赛……"

程杰顿了顿,伸手擦了擦眼睛。

"我相信凭自己嗓子的先天条件,凭自己多年努力做的充分准备,一定能在比赛中取得好成绩。而父母也肯定被我的歌声感动,被我的努力感动,转而支持我的梦想……带着这样的心情,我来到了选拔赛的现场,在紧张而焦虑的等待后,终于轮到我演唱了。"

说到这里,程杰苦笑了起来。

"我一开口,台下本来吵吵闹闹的观众便马上安静下来,仔细欣赏我的歌唱。而两名评判,也在凝神静听,其中两位还在交换眼神,表示欣赏和满意。那一刻,我真是快乐极了,我知道自己肯定会出线,我肯定可以站在决赛的舞

台上，我肯定会……"说着程杰突然停下，好一会儿，才喃喃地说，"但是那异常清脆的'叮'的一声，却让我呆若木鸡。赛制是三名评判全数通过才可以进决赛，只要有一人按铃，便要淘汰……我被淘汰了，我被淘汰了，我的心不断地在问为什么？为什么？是我唱走调了？是哪个地方技巧不足？还是……我往台下望去，只见淘汰我的是大会的特约评判，也就是当红歌手杨丽琪。当时，主持人也很奇怪，忙问杨丽琪为什么要把我'叮'走，你知道……你知道当时她怎么答的吗？她竟然用满不在乎的语气说，我所唱的歌太旧了，她不喜欢。她不喜欢！天啊，这是多么难以置信的理由啊！她根本……她根本就不配做一个评判，只凭自己对歌曲的喜好来评定别人的才能，这简直是荒谬至极！她不但不配做评判，甚至不配做一个歌手！"

这时杨丽琪哭了，不知道是因为害怕，还是因为自责。

"当时，其他两名评判都对杨丽琪赶走我表示不理解，但赛制如此，他们也做不了什么，只好算了。我怏怏地离开了舞台，离开了会场，默默走回家中。之后我被父母狠狠骂了一顿，再也不允许我在家听任何音乐、进行任何练习，并逼我参加各种各样的补习班……我实现梦想的努力彻底失败了，而且，最让我不服气的是，让我失败的竟不是我不行，而是某个评判莫名其妙的喜恶……"

说着他往杨丽琪处逼近了一步。

"所以我要报仇！我从新闻中知道她即将举办演唱会，也知道这演唱会是她一直以来的梦想，她令我理想无法实现，我也要让她梦想破碎！杨丽琪和我在同一间学校、同一个年级就读，实施计划的机会很多，但难就难在，我不能引起别人的怀疑。即使我做得完全不露痕迹，但如果受害者仅有杨丽琪一人，人们很快就会识破个中关系，我无论如何都洗脱不了嫌疑……所以，我利用自己侦探的头脑以及优势，想出了这个连环恶作剧的犯案方式，这样做的话，作案者的目标似乎是很随意的，看起来并不针对任何一个受害者，也就不容易联想到我身上了。同时，我也找了温学晴这个替罪羊，只要我的计划成功，那么她就会替我包揽一切罪名。可惜……太可惜了，我本来差一点就成功了，如果不是某个多事的侦探插手，我早就全身而退了！"

"我猜，你那晚看见了我和学晴在篮球场谈心，甚至可能偷听了部分的话。"小岚冷冷地说，"你知道学晴如果改口不承认，让事件再拖下去，那么迟早就会追查到你的头上。所以，你孤注一掷，改变了计划，马上制造了第五宗案件。事实上，当初在会议室，你看见我坚信温学晴是无辜的时候，

学校的离奇事件

就已经感到不安了,于是你趁李晓培不注意,偷偷拿了她的手机,以备不时之需。那晚稍后,你用李晓培的电话打给温学晴,假扮女孩子声音,把她骗到学校附近;接着你到附近的文具店买了水枪和墨水,再在杂物室里找了动漫社团搞角色扮演活动时用过的假发戴上,偷偷监视在自习室温习的徐嘉明,最后趁他经过走廊时袭击了他……看起来,你是想让温学晴受到怀疑,但实际上,你是想把罪名推给你的助手李晓培。"

小岚叹了一口气。

"本来,这样做很冒险,刚才你指控李晓培时,连你也不知道这到底行不行得通。但是出乎你意料的是,李晓培竟认罪了——她在那一刻意识到程杰你就是作案者,因为昨晚有机会取走她电话的,只有你一人。本来她可以理直气壮地为自己辩护的,但她却选择了为你而牺牲,承担所有罪名。她实在是太傻了。"

李晓培伤心地望了望程杰,然后低下头去。

这时,晓晴皱着眉对程杰说:"你害杨丽琪失声不说,还存心要把罪名推给别人,太可恶了。"

"我可恶?"程杰一脸不满,"杨丽琪粉碎了我的梦想,所以我也要让她的明星梦幻灭!什么新星歌唱大赛冠军,根本就不是靠实力，靠的是外貌、靠的是曝光率！她没有资格当评判、没有资格当歌手、更没资格在红馆开演唱会！杨丽琪，当初你狠狠地把我赶下台时，有想过我的痛苦吗？现在你失了声，你终于知道我那时在台上想唱又没法唱下去的痛苦了吧？你知道……"

突然"砰"的一声，把在场的人吓了一大跳，原来是温学晴用拳头使劲捶了桌子一下。

"你……"程杰吃惊地看着温学晴。

"讲讲讲！你一直都在说这些有的没的，烦不烦啊？"只见温学晴毫不留情地开骂，"你到底还是不是个男子汉？做人就该堂堂正正的！有意见当面讲，偷偷摸摸搞小动作算什么！一次失败又有什么了不起，这满世界都是比你惨的人。"她边骂边用手指戳着程杰的胸口，"与其有空愤慨、有空报仇，还不如努力去实现自己的梦想！我说这有多难啊！父母不理解你的梦想又怎么了？你不懂去继续说服他们啊？不懂去继续参赛啊？难道你怕这次被人赶下台，下次还会发生同样的事？运气会一直这么差吗？当然不会。我知道，你不再去参赛就是害怕！就是没胆量！没有勇气承担失败的后果！自己没胆量就来搞阴谋诡计，怪罪杨丽琪也就算了，因为她的确有对不起你的地方，但美宝老师

有没有对不起你？我和李晓培、徐嘉明有没有对不起你？你伤害无辜，你难道没有半分内疚吗？……"

说着温学晴竟追打起程杰来，追得他满会议室乱跑。最后小岚和徐嘉明合力才好不容易把温学晴拉住。

这下程杰的威风全没了，就像打败了仗的公鸡，颓然坐在椅子上。

对面的杨丽琪这时终于说话了。

"对不起。"她真诚地说，"我……我不知道……这对你有这么大的影响。我一时任性，让你失去了决赛的机会，都是我的错……请你原谅我吧。"

程杰抬起头来，满脸悲伤。

"我还以为我会很快乐。"他说，"当初你被辣椒素弄得失声后，我以为自己会为复仇成功而感到快乐，但结果并不是。我很快就意识到，我一直以来，憎恨的其实并不是你，而是我自己的懦弱；我不敢参赛，我害怕失败，这才是我最后没有实现梦想的原因。所以……要道歉的……应该是我才对。"

大家都沉默了。

这宗扑朔迷离的"连环谋杀"案，从开学前三天开始，经历了两个多星期，终于在这个稍有凉意的黄昏结束了。

这个故事源于一个少年美丽的梦想,因为遭到挫败一时钻了牛角尖,做出了许多傻事,最后在懊悔中收场。

不过,有时坏事可以变成好事的。程杰因为能深刻检讨自己,又有杨丽琪代为求情,所以没有被学校处分,他又重新振作,准备报名参加歌唱比赛,向着梦想再次出发;杨丽琪的嗓子及时地在个唱前痊愈,她还邀请了程杰当演唱会嘉宾呢!温学晴在小岚他们三人组的帮助下变得开朗了,和班里很多同学成了好朋友,学习成绩也越来越好,学期结束时被评为优秀学生……

第14章

和小神探当朋友不好玩

晓晴惊叫一声:"是谁斗胆偷喝了我放在桌子上的热巧克力?!"

"啊哈!"本来坐在一边闷得发慌的马小岚,此时立即跳了起来,"看来又到我这个大侦探出马的时候了!"

晓晴说:"不用麻烦你啦,不用想也知道是晓星偷喝的……"

小岚打断了晓晴的话:"破案是一件严谨的事,不能那么想当然的。要解决这宗'案件',最好的方法就是套取杯子上的指纹。首先,晓晴你知道什么是指纹吗?我们每个人自出生起,指尖上就长有独一无二的指纹,这些指纹是如此独特，以至于可以用来辨认身份——目前很多智能手机也是用指纹来代替密码解锁呢！而在日常生活中，我们很多时候也会在碰到的物件上留下指纹的痕迹，所以指纹也可以被用作调查案件时的证据。"

晓晴叹了一口气："小岚，不用那么复杂。我已经有证据揪出偷喝热巧克力的'真凶'。你看，晓星的嘴边还沾着热巧克力的痕迹呢！"

晓星听了，连忙用双手捂着自己的嘴巴。

小岚没理会两人，不知道从哪里翻出一整套用来套取指纹的工具，继续道："就让我亲自示范如何套取指纹吧！"

说着小岚戴上胶手套，拿起"物证"——曾经装有热巧克力的空杯子，小心翼翼地用软毛刷沾上一些碳粉，然后轻轻涂抹在杯子的表面。

"由于碳粉会吸附在指纹所留下的汗水之上，所以只要用碳粉轻抹，就会在物件的表面形成一个看得见的指纹！"小岚一边解释，一边撕下透明胶带纸，"现在，只要将透明胶带纸按在由碳粉所形成的指纹上，然后撕下，贴在一张白纸上。你看，这样就成功采集出一个指纹的样本了！接下来，我们只需要把这个指纹和犯案嫌疑人十根手指的指纹进行对比，就可以……"

学校的离奇事件

小岚抬起头,却发现"受害者"晓晴和"犯案嫌疑人"晓星都一脸害怕。晓星苦着脸说:"还要逐根手指去对比指纹?小岚姐姐你就饶了我吧,我认罪啦!的确是我偷喝了晓晴姐姐的热巧克力。"

"啊哈!"只见小岚一脸骄傲地说,"看,多亏了指纹,我们才终于揪出了犯案的人。套取指纹的技巧这么重要,我们应该多练习才对。来,给你们一人一套工具,我们一起套取全屋所有物件上所留下的指纹吧。"

晓晴和晓星被小岚折腾着,爬上爬下的套取指纹。看来,和一个大侦探(尤其是闲得无聊的大侦探)当好朋友,可不是看起来那么好玩哦!